中国现代文学大师精品集

徐志摩精品集

本书编写组 ◎ 编

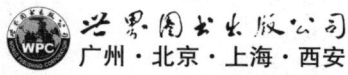
广州·北京·上海·西安

图书在版编目（CIP）数据

徐志摩精品集 /《中国现代文学大师精品集》编委会编 . —广州：广东世界图书出版公司，2009.4 （2024.2 重印）
（中国现代文学大师精品集）
ISBN 978－7－5100－0605－0

Ⅰ．徐… Ⅱ．中… Ⅲ．文学－作品综合集－中国－现代 Ⅳ．I216.2

中国版本图书馆 CIP 数据核字（2009）第 056164 号

书　　名	徐志摩精品集 XUZHIMO JINGPINJI
编　　者	《中国现代文学大师精品集》编委会
责任编辑	刘国栋
装帧设计	三棵树设计工作组
出版发行	世界图书出版有限公司　世界图书出版广东有限公司
地　　址	广州市海珠区新港西路大江冲 25 号
邮　　编	510300
电　　话	020-84452179
网　　址	http://www.gdst.com.cn
邮　　箱	wpc_gdst@163.com
经　　销	新华书店
印　　刷	唐山富达印务有限公司
开　　本	787mm×1092mm　1/16
印　　张	13
字　　数	120 千字
版　　次	2009 年 4 月第 1 版　2024 年 2 月第 10 次印刷
国际书号	ISBN 978-7-5100-0605-0
定　　价	59.80 元

版权所有　翻印必究

（如有印装错误，请与出版社联系）

前言

  中国现代文学的时间跨度大致为从1919年五四运动开始到1949年中华人民共和国建立为止。从五四新文化运动到1937年抗战爆发为其前半期,从抗战爆发到新中国建立为后半期。

  世界进入20世纪,世界列强把中国变成了半殖民地半封建国家,民族危机感对20世纪中国民族的文化心理产生了不可估量的影响,以"天下之中"自诩的中国当政者再也撑不下去了。现代与传统、新思潮与旧意识的斗争愈演愈烈。

  先是兴起"白话文运动",接着就是陈独秀和胡适极力倡导文学现代化。从此,就如打开了闸门的洪水,现代文学以汹涌澎湃之势,义无反顾地冲决一切阻力,不可遏止地成就了一片汪洋。因而,一种崭新的文学形态在深重的危机感和中国古典文学厚重的土壤上诞生了。

  进入20世纪20年代,现代文学的影响和实践范围进一步拓展,由泛泛的思想和宣传转化为具体而专门的文学实践。

  全国各大城市风起云涌般地出现了种种刊物,各报纸也纷纷办起了副刊,有意无意地发表了许多散文、小说、小品等白话文学作品,一时竟甚成风气,为现代文学开辟了阵地。全国各地也涌现出了许多青年文学社团,造就了一大批卓有建树的现代文学作家。一时间,写散文,写小说,写诗歌,写小品,写剧本,翻译欧、美、日文学作品……出专集、出结集、出选集……蔚为大观。

  现代文学的作者们在自己的作品中生动地抒写了自己的禀性、气质、情思、嗜好、习惯、修养、人生经历和人生哲学,生动地表现自己的思想感情和人格;无情地撕破了道貌岸然的面具,彻底地反对封建主义桎梏,完全摒弃了为圣人解经、为圣人立言的旧思想、旧传统,字里行间充满了民族觉醒和自我解放的诉求。这反映了作者们由封闭型思维体系向开放型思维体系的转化,亦即由自我完善、自我调节、自我延续向面对世界、面对新潮、面对社会人生的转化。

当然，各作者的经历不同，其间中西、新旧、激进与保守思想的差异也必然存在。但无论如何，中国现代作家自觉地将文学的内容和形式与时代联系起来，共同地给现代文学规定了明确的目的：即文学的创作是这样一种时代的工作，它本身是历史向未来过渡的一个重要部分。而未来，必然是比以前更加美好的，更加有希望的。

在中国现代文学史上，受两方文化浸染最深者之一是徐志摩。

徐志摩（1896～1931），生于浙江海宁。先于北京大学读法律，1918年赴美留学，在克拉克大学读历史，在哥伦比亚大学读政治学，1921年进英国剑桥大学读政治经济学，剑桥的短暂生涯，对他产生了决定性的影响。

1922年回国后发起成立"新月社"，1926年主编《晨报副刊·诗镌》。

1928年起曾任《新月》杂志主编，1931年主编《诗刊》，同年11月19日遭空难去世。

徐志摩是新月派的主将。他受英国浪漫派诗人的影响很大，他的贵族化的追求，对自由的性灵的渴望，艺术至上的唯美倾向都受到英国文化的影响。

徐志摩的诗歌在20年代诗人中独树一帜，他的散文长于抒发内心情感，具有繁复、浓艳的艺术特色。

本书选编了徐志摩的大部分作品，从中可以领略这位稀世才子的思想取向和艺术魅力。

中国现代文学大师精品集编委会

散文

雨后虹 …………………………………… (2)
济慈的夜莺歌 …………………………… (8)
曼殊斐尔 ………………………………… (16)
落　叶 …………………………………… (28)
欧游漫录 ………………………………… (41)
巴黎的鳞爪 ……………………………… (44)
翡冷翠山居闲话 ………………………… (51)
北戴河海滨的幻想 ……………………… (53)
印度洋上的秋思 ………………………… (56)
海滩上种花 ……………………………… (61)
泰山日出 ………………………………… (67)
我所知道的康桥 ………………………… (69)
自　剖 …………………………………… (76)
想　飞 …………………………………… (81)
南行杂纪 ………………………………… (84)
再　剖 …………………………………… (91)
天目山中笔记 …………………………… (94)
吸烟与文化 ……………………………… (97)
"迎上前去" …………………………… (100)
谒见哈代的一个下午 …………………… (104)
秋 ………………………………………… (108)

诗歌

草上的露珠儿 …………………………… (118)
月夜听琴 ………………………………… (120)
康桥西野暮色 …………………………… (122)
康桥再会罢 ……………………………… (125)
北方的冬天是冬天 ……………………… (129)

月下待杜鹃不来 …………………………… (130)
石虎胡同七号 ……………………………… (131)
先生！先生 ………………………………… (132)
盖上几张油纸 ……………………………… (134)
夜半松风 …………………………………… (136)
去　罢 ……………………………………… (137)
沙扬娜拉一首 ……………………………… (138)
庐山石工歌 ………………………………… (139)
雪花的快乐 ………………………………… (141)
不再是我的乖乖 …………………………… (142)
这是一个懦怯的世界 ……………………… (144)
那一点神明的火焰 ………………………… (146)
苏　苏 ……………………………………… (148)
翡冷翠的一夜 ……………………………… (149)
海　韵 ……………………………………… (152)
多谢天！我的心又一度的跳荡 …………… (154)
我有一个恋爱 ……………………………… (156)
落叶小唱 …………………………………… (158)
偶　然 ……………………………………… (159)
两地相思 …………………………………… (160)
我不知道风是在哪一个方向吹 …………… (162)
恋爱到底是什么一回事 …………………… (164)
他眼里有你 ………………………………… (165)
再别康桥 …………………………………… (166)
枉　然 ……………………………………… (168)
生　活 ……………………………………… (169)
在病中 ……………………………………… (170)
车　眺 ……………………………………… (172)
云　游 ……………………………………… (174)

日记集

爱眉小札 …………………………………… (176)

散文

雨后虹

我记得儿时在家塾中读书,最爱夏天的打阵。塾前是一个方形铺石的"天井",其中有石砌的金鱼潭,周围杂生花草,几个积水的大缸,几盆应时的鲜花——这是我们的"大花园"。南边的夏天下午,蒸热得厉害,全靠傍晚一阵雷雨,来驱散暑气。黄昏时满天星出,凉风透院,我常常袒胸跣足和姊嫂兄弟婢仆杂坐在门口"风头里",随便谈笑,随便歌唱,算是绝大的快乐。但在白天不论天热得连气都转不过来,可怜的"读书官官"们,还是照常临帖习字,高喊着"黄鸟黄鸟","不亦说乎";虽则手里一把大蒲扇,不住地扇动,满须满腋的汗,依旧蒸炉似透发,先生亦还是照常抽他的大烟,哼他的"清平乐府"。在这样烦溽的时候,对面四丈高白墙上的日影忽然隐息,清朗的天上忽然满布了乌云,花园里的水缸盆景,也沈静暗淡,仿佛等候什么重大的消息,书房里的光线也渐渐减淡,直到先生榻上那只烟灯,原来只像一磷鬼火,大放光明,满屋子里的书桌,墙上的字画,天花板上挂的方玻璃灯,都像变了形,怪可怕的。突然一股尖劲的凉风,穿透了重闷的空气,从窗外吹进房来,吹得我们毛骨悚然,满身腻烦的汗,几乎结冰,这感觉又痛快又难过;但我们那时的注意,却不在身体上,而在这凶兆所预告的大变,我们新学得的什么:洪水泛滥;混沌;天翻地覆;皇天震怒;等等字句,立刻在我们小脑子的内库里跳了出来,益发引起孩子们:只望烟头起的本性。我们在这阴迷的时刻,往往相顾悍然,热性放开,大噪狂读,身子也狂摇得连坐椅都碟格作响。

同时沈闷的雷声,已经在屋顶发作,再过几分钟,只听得庭心里石板上劈拍有声,仿佛马蹄在那里踢踏;重复停了;又是一小阵沥浙;如此作了几次阵势,临了紧接着坍天破地的一个或是几个雳霹——我们孩子早把耳朵堵住——扁豆大的雨块,就狠命狂倒下来。屋溜屋檐,屋顶,墙角里的碎碗破铁罐,一齐同情地反响;楼上婢仆争收晒件的慌张咒笑声关窗声;间壁小孩的欢叫;雷声不住地震吼;天井里的鱼潭小缸,早已像煮沸的小壶,在那里狂流溢——我们很替可怜的金鱼们担忧;那几盆嫩好的鲜花,也不住地狂颤;阴沟也来不及收吸这汤汤的流水,石天井顷刻名副其实,水一直满出尺半了的阶沿,不好了!书房里的地平砖上都是水了!闪电像蛇似的钻入室内,连先生肮脏的炕床都照得铄亮;有时外面厅梁上住

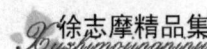

家的燕子,也进我们书房来避难,东扑西投,情形又可怜又可笑。

在这一团和糟之中,我们孩子反应的心理,却并不简单。第一,我们当然觉得好玩,这里品林嘭朗、那里也品林嘭朗,原来又炎热又乏味的下午忽然变得这样异乎寻常地闹热,小孩那一个不欢迎。第二,天空一打阵,大家起劲看,起劲关窗户,起劲听。当然写字的搁笔,念书的闭口,连先生(我们想)有时也觉得好玩!然而我记得我个人从前亲切的心理反应。仿佛猪八戒听得师父被女儿国招了亲,急着要散伙的心理。我希望那样半混沌的情形继续,电光永闪着,雨永倒着,水永没上阶沿,漏入室内,因此我们读书写字的责务也永远止歇!孩子们照例怕拘束,最爱自由,爱整天玩,最恨坐定读书,最厌这牢狱一般的书房——犹之猪八戒一腔野心,其实不愿意跟着师父取穷经整天只吃些穷斋。所以关入书房的孩子,没有一个心愿的,底里没有一个不想造反;就是思想没有连贯力,同时书房和牢房收敛野性的效力也逐渐进大,所以孩子们至多短期逃学,暗祝先生生瘟病,很少敢昌言从此不进书房的革命谈。但暑天的打阵,却符合了我们潜伏的希冀,俄顷之间,天地变色,书房变色,有时连先生亦变色,无怪这聚锢的叛儿,这勉强修行的猪八戒,感觉到十二分的畅快,甚至盼望天从此再不要清明,雷雨从此再不要休止!

我生平最纯粹可贵的教育是得之于自然界,田野,森林,山谷,湖,草地,是我的课室;云彩的变幻,晚霞的绚烂,星月的隐现,田里的麦浪是我的功课;瀑吼,松涛,鸟语,雷声是我的教师,我的官觉是他们忠谨的学生,受教的弟子。

大部分生命的觉悟,只是耳目的觉悟;我整整过了二十多年含糊生活,疑视疑听疑嗅疑觉的一个生物!我记得我十三岁那年初次发现我的眼是近视,第一副眼镜配好的时候,天已昏黑,那时我在泥城桥附近和一个朋友走路,我把眼镜试戴上去,仰头一望,异哉好一个

伟大蓝净不相熟的天,张着几千百只指光闪铄的神眼,一直穿过我眼镜眼睛直贯我灵府深处,我恨永不得大声叫道。好天,今天才规复我眼睛的权利!

但眼镜虽好,只能助你看,而不能使你看;你若然不愿意来看.来认识,来享乐你的自然界,你就带十副二十副托立克、克立托也是无效!

我到今日才再能大声叫道:"好天,今日才知道使用我生命的权利!"

我不抱歉"叫"得迟,我只怕配准了眼镜不知道"看"。

我方才记起小时在私塾里夏天打阵的往迹,我现在想记我二日前冒阵待虹的经验。

猫最好看的情形,是在春天下午她从地毡上午寐醒来,回头还想伸懒腰,出去游玩,猛然看见五步之内,站着一只傲梗不参的野狗,她不禁大怒,把她二十个利爪一起尽性放开,搔紧在地毡上,把她的背无限地高拱,像一个桥洞,尾巴旗杆似笔直竖起,满身的猫毛也满溢着她的义愤,她圆睁了她的黄睛,对准她的仇敌,从口鼻间哈出一声威吓。这是猫的怒,在旁边看她的人虽则很体谅她的发脾气,总觉得有趣可笑。我想我们站得远远地看人类的悲剧,有时也只觉得有趣可笑。我们在稳固的山楼上,看疾风暴雨,看牛羊牧童在雷震电颷中飞奔躲避,也只觉得有趣可笑。

笑,柏格森说,纯粹是智慧的,示深切的同情感兴,不能同时并存。所以我们需要领会悲剧或深的情感——不论是事实或表现在文字里的——的意义,最简捷的方法是将我们自身和经验的对象同化,开振我们的同情力来替他设身处地。你体会伟大情感的程度愈高,你了解人道的范围亦愈广。我们对待自然界我以为也是如此。我们爱寻常上原,不如我们爱高山大水,爱市河庸沼,不如流涧大瀑,爱白日广天,不如朝彩晚霞,爱细雨微风,不如疾雷迅雨。

简言之，我们也爱自然界情感奋切的际会，他所行动的情绪。当然也不是平常庸气。

所以我十数年前私塾爱打阵，如今也还是爱打阵，不过这爱字意义不尽同就是。

有一天我正在房里看书，列兰（房东的小女孩，她每次见天象变迁总来报告我，我看见两个最富贵的落日，都是她的功劳）跑来说天快打阵了。我一看窗外果然完全矿灰色，一阵阵的灰在街心里卷起，路上的行人都急忙走着，天上已经叠好无数的雨饼，此等信号一动就下，我赶快穿了雨衣，外加我们的袍。戴上方帽，出门骑上自行车，飞快向校门赶去。一路雨点已经雹块似抛下。河边满树开花的栗树，曼陀罗，紫丁香，一齐俯首觳觫，专待恣暴，但他们芬芳的呼吸，却彻浃重实的空气，似乎向孟浪的狂且，乞情求免。

我到校门的时候，满天几乎漆黑，雷声已动，门房迎着笑道："呀，你到得真巧，再过一分钟，你准让阵雨漫透！"我笑答道："我正为要漫透来的！"

我一口气跑到河边，四围估量了一下，觉得还是桥上的地位最好，我就去靠在桥栏上老等，我头顶正是那株靠河最大的橘树，对面是棵柳树，从柳丝里望见先华亚学院的一角，和我们著名教堂的后背（King's Chapel）；两树的中间，正对校友居（Fellows' Building）的大部，中隔着百码见方齐整匀净葱翠的草庭。这是在我的右边。从柳树的左手望见亭亭倩倩三环洞的先华亚桥，她的妙景，整整地印在平静的康河里，河左岸的牧场上，依旧有几匹马几条黄白花牛在那里吃草，啮啮有声。完全不理会天时的变迁，只晓得勤拂着马鬃牛尾，驱逐愈很的马蝇牛虫。此时天色虽则阴沉可怕，然我眼前绝美的一幅图画——绝色的建筑，庄严的寺角，绝色的绿草，绝色的河与桥，绝色的垂柳高桦——只是——片异样恬静，绝不露仓皇形色。草地上有三两只小雀，时常地跳跃；平常高唱好画者黑雀却都住了口，大约伏在巢里看光景，只远处偶然的鸦啼，散沙似从半天里撒下。

记得，桥上有我站着。

来了！雷雨都到了猖獗的程度，只听见自然界一体的喧哗；雷是鼓，雨落草地是沈溜的弦声，雨落水面是急珠走盘声，雨落柳上是疏郁的琴声，雨落桥栏是击草声。

西南角——牧场那一边我的左手，正对校友居——的云堆里，不时放射出电闪，穿过树林，仿佛好几条紧缠的金蛇掠过光景，一直打到教堂的颜色玻璃和校友居的青藤白石和凹屈别致的窗坡上，像几条铜扁担，同时打一块磨石大的火石，金花四射，光惊骇目。

雨忽注不休。云色虽稍开明，但四围都是雨激起的烟雾苍茫，克莱亚的一面几乎看不清楚。我仰庇桦老翁的高荫，身上并不大湿，但桥上的水，却分成几道泥沟，急冲下来，我站在两条泥沟的中间，所以鞋也没有透水。同时我很高兴发现离我十几码一棵大榆树底下，也有两个人站着，但他们分明是避雨，不是像我来看来经验打阵。他们在那里划火抽烟，想等过这阵急需。

那边牧场方才不管天时变迁尽吃的朋友，此时也躲在场中间两枝榆树底下，马低着头，牛昂着头，在那里抱怨或是崇拜老天的变怒。

雨已经下了十几分钟,益发大了。雷电都已经休止,天色也更清明了。但我所仰庇的榉老翁,再也不能继续荫庇我,他老人家自己的胡髭,也支不住淋漓起来,结果是我浑身增加好几斤重量。有时作恶的水一直灌进我的领子,直溜到背上,寒透肌骨;桥栏也全没了;我脚下的干土,也已经渐次灭迹,几条泥沟,已经进成一大股浑流,踊跃进行,我下体也增加了重量,连胫骨都湿了。到这个时候,初阵的新奇已经过去,满眼只是一体的雨色,满耳只是一体的雨声,满身只是一体的雨感觉。我独身——避雨那两位已逃入邻近的屋子里——在大雨里听淹,头上的方巾已成了湿巾,前后左右淋个不住;倒觉得无聊起来。

但我有希望,西天的云已经开解不少,露出夕阳的预兆。我想这雨一停一定有奇景出现——我于是立定主意与雨赌耐心。我向地上看,看无数的榆钱在急涡里乱转,还有几个不幸的虫蚁也葬身在这横流之中,我忽然想起道施滔奄夫斯基的一部小说里的一个设想,他说你若然发现你自己在一沧海中一块仅仅容足的拳石上,浪涛像狮虎似向你身上扑来。你在这完全绝望的境地,你还想不想活命?我又想起康赖特的《大风》,人和自然原质的决斗。我又想像我在西伯利亚大雪地。穿着皮裘。手拿牧杖,站在一大群绵羊中间。我想战阵是冒险,恋爱是更大的冒险,死是最大的冒险。我想起耶稣、魔鬼、薇纳司,福贺司德;我想飞出这雨圈,去踏在雨云的背上,看他们工作。我想……半点钟已过,我心海里至少涌起了几万种幻想,但雨还是倒个不住。

又过了足足十分钟,雨势方才收敛。满林的鸟雀都出了家门,使劲地欢呼高唱;此时云彩很别致,东中北三路,还是满布着厚云。并且极低,似乎笼罩在教堂的 H 形尖阁上,但颜色已从乌黑转入青灰,西南隅的云已经开张了一只大口,从月牙形的云絮背后冲射出一海的明霞,仿佛菩萨背后的万道佛光,这精悍的烈焰,和方才初雨时的电闪一样,直照在教堂和校友居的上楼,将一带白玻窗尽数打成纯粹的黄金,教堂颜色玻窗上的反射更为强烈,那些画中人物都像穿扮整齐,在金河里游泳跳舞。妙处尤在这些高宇的后背及顶头,只是一片深青,越显得西天云罅月漏的精神,彩焰奔腾的气象。

  未雨之先万象都只是静,现在雨一过,风又敛迹,天上虽在那里变化,地上还是一体地静;就是阵前的静,是空气空实的现象,是严肃的静,这静是大动大变的符号先声,是火山将炸裂前的静;阵雨后的静不同,空气里的浊质,已经彻底洗净,草青树绿经过了恐怖,重复清新自喜,益发笑容可掬,四围的水气雾意也完全灭迹,这静是清的静,是平静,和悦安舒的静。在这静里,流利的鸟语,益发调新韵切,宛似金匙击玉磬。清脆无比。我对此自然从大力里产出的美,从剧变里透出的和谐,从纷乱中转出的恬静,从暴怒中映出的微笑,从迅奋里结成的安闲,只觉得胸头塞满——喜悦惊讶,爱好,崇拜,感奋的情绪,满身神经都感受强烈痛快的震撼,两眼火热地蓄泪欲流,声音肢体愿随身旁的飞禽歌舞;同时,我自顶至踵完全湿透浸透,方巾上还不住地滴水,假如有人见我,一定疑心我落了水,但我那时绝对不觉得体外的冷,只觉得体内高乐的热。(我也没有受寒。)

  我正注目看西方渐次扫荡满天云锢的太阳,偶然转过身来,不禁失声惊叫。原来从校友居的正中起直到河的左岸,已经筑起一条鲜明五彩的虹桥!

济慈的夜莺歌

诗中有济慈(Johe Keats)的《夜莺歌》，与禽中有夜莺一样的神奇。除非你亲耳听过，你不容易相信树林里有一类发痴的鸟，天晚了才开口唱，在黑暗里倾吐他的妙乐，愈唱愈有劲，往往直唱到天亮，连真的心血都跟着歌声从她的血管里呕出；除非你亲自咀嚼过，你也不易相信一个二十三岁的青年有一天早饭后坐在一株李树底下迅笔的写，不到三小时写成了一首八段八十行的长歌，这歌里的音乐与夜莺的歌声一样的不可理解。同是宇宙间一个奇迹，即使有那一天大英帝国破裂成无可记认的断片时，《夜莺歌》依旧保有他无比的价值：万万里外的星亘古的亮着，树林里的夜莺到时候就来唱着，济慈的夜莺歌永远在人类的记忆里存着。

那年济慈住在伦敦的 Wentworth Place，百年前的伦敦与现在的英京大不相同，那时候"文明"的沾染比较的不深，所以华次华士站在威士明治德桥上，还可以放心的讴歌清晨的伦敦，还有福气在"无烟的空气"里呼吸，望出去也还看得见"田地、小山、石头、旷野，一直开拓到天边"。那时候的人，我猜想，也一定比较的不野蛮，近人情，爱自然，所以白天听得着满天的云雀，夜里听得着夜莺的妙乐。要是济慈迟一百年出世，在夜莺绝迹了的伦敦市里住着，他别的著作不敢说，那首夜莺歌至少，怕就不会成功，供人类无尽期的享受。说起真觉得可悲，在我们南方，古迹而兼是艺术品的，只淘成了西湖上一座孤单的雷峰塔，这千百年来雷峰塔的文学还不曾见面，雷峰塔的映影已经永别了波心！也许我们的灵性是麻皮做的，木屑做的，要不然这时代普遍的苦痛与烦恼的呼声还不是最富灵感的天然音乐，——但是我们的济慈在哪里？我们的《夜莺歌》在哪里？济慈有一次低低的自语——"I feel the flowers growing on me"。意思是"我觉得鲜花一朵朵的长上了我的身"，就是说他一想着了鲜花，他的本体就变成了鲜花，在草丛里掩映着，在阳光里闪亮着，在和风里一瓣瓣的无形的伸展着，在蜂蝶轻薄的口吻下羞晕着。这是想象力最纯粹的境界；孙猴子能七十二般变化，诗人的变化力更是不可限量——沙士比亚戏剧里至少有一百多个永远生命的人物，男的女的、贵的贱的、伟大的、卑琐的、严肃的、滑稽的，还不是他自己摇身一变变出来的。

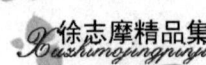

济慈与雪莱最有这与自然谐合的变术;——雪莱制《云歌》时我们不知道雪莱变了云还是云变了雪莱;歌《西风》时不知道歌者是西风还是西风是歌者;颂《云雀》时不知道是诗人在九霄云端里唱着还是百灵鸟在字句里叫着;同样的济慈咏"忧郁""Odeon Melancholy"时他自己就变了忧郁本体,"忽然从天上掉下来像一朵哭泣的云";他赞美"秋""To Autumn"时他自己就是在树叶底下挂着的叶子中心那颗渐渐发长的核仁儿。或是在稻田里静偃着玫瑰色的秋阳!这样比称起来,如其赵松雪关紧房门伏在地下学马的故事可信时,那我们的艺术家就落粗蠢,不堪的"乡下人气味"!

他那《夜莺歌》是他一个哥哥死的那年做的,据他的朋友有名肖像画家 Robert Hayden 给 Miss Mitford 的信里说,他在没有写下以前早就起了腹稿,一天晚上他们俩在草地里散步时济慈低低的背诵给他听——"……in a low, trenulous undertone which affected me extremely"那年碰巧——据著《济慈传》的 Lord Houghton 说,在他屋子的邻近来了一只夜莺,每晚不倦地歌唱,他很快活,常常留意倾听,一直听得他心痛神醉逼着他从自己的口里复制了一套不朽的歌曲。我们要记得济慈二十五岁那年在意大利在他一个朋友的怀抱里作古,他是,与他的夜莺一样,呕血死的!

能完全领略一首诗或是一篇戏曲,是一个精神

的快乐,一个不期然的发现,这不是容易的事;要完全了解一个人的品性是十分难,要完全领会一首小诗也不得容易。我简直想说一半得靠你的缘分,我真有点儿迷信。就我自己说,文学本不是我的行业,我的有限的文学知识是"无师传授"的。斐德(Walter Pater)是一天在路上碰着大雨到一家旧书铺去躲避无意中发现的,哥德(Goethe)——说来更怪了——是司蒂文孙(R. L. S)介绍给我的,(在他的 Art of Writing 那书里他称赞 George Henry Lewes 的歌德评传;Every man e dition 一块钱就可以买到一本黄金的书)柏拉图是一次在浴室里忽然想着要去拜访他的。雪莱是为他也离婚才去仔细请教他的,杜思退益夫斯基、托尔斯泰、丹农雪乌、波特莱耳、卢骚,这一班人也各有各的来法,反正都不是经由正宗的介绍,都是邂逅,不是约会。这次我到平大教书也是偶然的,我教着济慈的《夜莺歌》也是偶然的,乃至我现在动手写这一篇短文,更不是料得到的。友鸾再三要我写才鼓起我的兴来,我也很高兴写,因为看了我的乘兴的话,竟许有人不但发愿去读那《夜莺歌》,并且从此得到了一个亲口尝味最高级文学的门径,那我就得意极了。

但是叫我怎样讲法呢?在课堂里一头讲生字一头讲典故,多少有一个讲法,但是现在要我坐下来把这首整体的诗分成片段诠释它的意义,可真是一个难题!领略艺术与看山景一样,只要你地位站得适当,你这一望一眼便吸收了全景的精神;要你"远视"的看,不是近视的看;如其你捧住了树才能见树,那时即使你不惜工夫一株一株的审查过去,你还是看不到全林的景子。所以分析的看艺术,多少是杀风景的,综合的看法才对。所以我现在勉强讲这《夜莺歌》,我不敢说我能有什么心得的见解!我并没有!我只是在课堂里讲书的态度,按句按段地讲下去就是;至于整体的领悟还得靠你们自己,我是不能帮忙的。

你们没有听过夜莺先是一个困难。北京有没有我都不知道。下回萧友梅先生的音乐会要是有贝多芬的第六个"沁芳南"(The Pastoral Symphony)时,你们可以去听听,那里面有夜莺的歌声。好吧,我们只能要同意听音乐——自然的或人为的——有时可以使我们听出神。譬如你晚上在山脚下独步时听着清越的笛声,远远的飞来,你即使不滴泪,你多少不免"神往"不是?或是在山中听泉乐,也可使你忘却俗景,想象神境。我们假定夜莺的歌声比白天听着的什么鸟都要好听;他初起像是龚云甫,嗓子发沙,很懈的试她的新歌;顿上一顿,来了,有调了。可还不急,只是清脆悦耳,像是珠走玉盘(比喻是满不相干的!)慢慢的她动了情感,仿佛忽然想起了什么事情使他激成异常的愤慨似的,他这才真唱了,声音越来越亮,调门越来越新奇,情绪越来越热烈,韵味越来越深长,像是无限的欢畅,像是艳丽的怨慕,又像是变调的悲哀——直唱得你在旁倾听的人不自主地跟着她兴奋,伴着她心跳。你恨不得和着她狂歌,就差你的嗓子太粗太浊合不到一起!这是夜莺,这是济慈听着的夜莺;本来晚上万籁俱寂后声音的感动力就特强,何况夜莺那样不可模拟的妙乐。

好了,你们先得想像你们自己也教音乐的沉醴浸醉了,四肢软绵绵的,心头痒荠荠的,说不出的一种浓味的馥郁的舒服,眼帘也是懒洋洋的挂不起来,心里满是流膏似的感想,辽

远的回忆,甜美的惆怅,闪光的希冀,微笑的情调一齐兜上方寸灵台时——再来——"in a low, tremulons undertone"——开诵济慈的《夜莺歌》,那才对劲儿!

这不是清醒时的说话,这是半梦呓的私语,心里畅快的压迫太重了流出口来绻缱的细语——我们用散文译他的意思来看:——

(一)"这唱歌的,唱这样的神妙的歌的,决不是一只平常的鸟;她一定是一个树林里美丽的女神,有翅膀会飞翔。她真乐呀,你听独自在黑夜的树林里,在枝干交叉,浓荫如织的青林里,她畅快的开放她的歌调,赞美着初夏的美景,我在这里听她唱,听的时候已经很多,她还是恣情的唱着;啊,我真被她的歌声迷醉了,我不敢羡慕她的清福,但我却让她无边的欢畅催眠住了,我像是服了一剂麻药,或是喝尽了一剂鸦片汁,要不然为什么这睡昏昏思离离的像进了甜乡似的,我感觉着一种微倦的麻痹,我太快活了,这快感太尖锐了,竟使我心房隐隐的生痛了!"

(二)"你还是不倦的唱着——在你的歌声里我听出了最香冽的美酒的味儿。啊,喝一杯陈年的真葡萄酿多痛快呀!那葡萄是长在暖和的南方的,普鲁罔斯那种地方,那边有的是幸福与欢乐,他们男的女的整天在宽阔的太阳光底下作乐,有的携着手跳春舞,有的弹着琴唱恋歌;再加那遍野的香草与各样的树馨——在这快乐的土地下他们有酒窖埋着美酒。现在酒味益发的澄静,香冽了。真美呀,真充满了南国的乡土精神的美酒,我要来饮满一杯,这酒好比是希宝克林灵泉的泉水,在日光里滟滟发虹光的清泉,我拿一只古爵盛一个扑满。啊,看呀!这珍珠似的酒沫在这杯边上发瞬,这杯口也叫紫色的浓浆染一个鲜艳!你看看,我这一口就把这一大杯酒吞了下去——这才真醉了,我的神魂就脱离了躯壳,幽幽的辞别了世界,跟着你清唱的音响,像一个影子似澹澹的掩入了你那暗沉沉的林中。"

(三)"想起这世界真叫人伤心。我是无沾恋的,巴不得有机会可以逃避,可以忘怀种种不如意的现象，不比你在青林茂荫里过无忧的生活，你不知道也无须过问我们这寒伧的世界，我们这里有的是热病、厌倦、烦恼，平常朋友见面时只是愁颜相对，你听我的牢骚，我听你的哀怨；老年人耗尽了精力，听凭痨症摇落他们仅存的几根可怜的白发，年轻人也是叫不如意事蚀空了，满脸的憔悴，消瘦得像一个鬼影，再不然就进墓门；真是除非你不想他，你要一想的时候就不由得你发愁，不由得你眼睛里钝迟迟的充满了绝望的晦色；美更不必说，也许难得在这里，那里，偶然露一点痕迹，但是人转瞬间就变成落花流水似没了，春光是挽留不住的，爱美的人也不是没有，但美景既不常驻人间，我们至多只能实现暂时的享受，笑口不曾全开，愁颜又回来了！因此我只想顺着你歌声离别这世界，忘却这世界，解化这忧郁沉沉的知觉。"

（四）"人间真不值得留恋，去吧，去吧！我也不必乞灵于培克司（酒神）与他那宝辇前的文豹，只凭诗情无形的翅膀我也可以飞上你那里去。啊，果然来了！到了你的境界了！这林子里的夜是多温柔呀，也许皇后似的明月此时正在她天中的宝座上坐着，周围无数的星辰像侍臣似的拱着她。但这夜却是黑，暗阴阴的没有光亮，只有偶然天风过路时把这青翠荫蔽吹动，让半亮的天光丝丝的漏下来，照出我脚下青茵浓密的地土。"

（五）"这林子里梦沉沉的不漏光亮，我脚下踏着的不知道是什么花，树枝上渗下来的清馨也辨不清是什么香；在这薰香的黑暗中我只能按着这时令猜度这时候青草里，矮丛里，野果树上的各色花香；——乳白色的山楂花，有刺的蔷薇，在叶丛里掩盖着的紫罗兰已快萎谢

了,还有初夏最早开的麝香玫瑰,这时候准是满承着新鲜的露酿,不久天暖和了,到了黄昏时候,这些花堆里多的是采花来的飞虫。"

我们要注意从第一段到第五段是一顺下来的:第一段是乐极了的语调,接着第二段声调跟着南方的阳光放亮了一些,但情调还是一路的缠绵。第三段稍为激起一点浪纹,迷离中夹着一点自觉的愤慨,到第四段又沉了下去,从"already with thee!"起,语调又极幽微,像是小孩子走入了一个阴凉的地窖子,骨髓里觉着凉,心里却觉着半害怕的特别意味,他低低的说着话,带颤动的,断续的;又像是朝上风来吹断清梦时的情调;他的诗魂在林子的黑荫里闻着各种看不见的花草的香味,私下一一的猜测诉说,像是山涧平流入湖水时的尾声……这第六段的声调与情调可全变了;先前只是畅快的摇恍,这下竟是极乐的谚语了。他乐极了,他的灵魂取得了无边的解说与自由,他就想永保这最痛快的俄顷,就在这时候轻轻的把最后的呼吸和入了空间,这无形的消灭便是极乐的永生;他在另一首诗里说——

  I know this being's lease,
  My fancy to its utmost bliss spreads,
  Yet could I on this very midnight cease,
  And the worlds gaudy ensign see in shreds;
  Verse, Fame and Beauty are intense indeed,
  But Death intenser——Death is Life's high Meed

在他看来,(或是在他想来,)"生"是有限的,生的幸福也是有限的——诗,声名与美是我们活着时最高的理想,但都不及死,因为死是无限的,解化的,与无尽流的精神相投契的,死才是生命最高的蜜酒,一切的理想在生前只能部分的,相对的实现,但在死里却是整体的绝对的谐和,因为在自由最博大的死的境界中一切不调谐的全调谐了,一切不完全的都完全了。他这一段用的几个状词要注意,他的死不是苦痛;是"Easeful death"舒服的,或是竟可以翻作"逍遥的死";还有他说"Quiet breath",幽静或是幽静的呼吸,这个观念在济慈诗里常见,很可注意;他在一处排列他得意的幽静的比象——

  AUTUMN SUNS
  Smiling at eve upon the quiet sheaves
  Sweet Sapphos Cheek—a sleeping in fant's breath——
  The gradual sand that through an hour glass runs
  A woodland rivulet, a poet's death

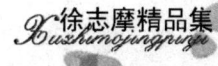

秋田里的晚霞,沙浮女诗人的香腮,睡孩的呼吸,光阴渐缓的流沙,山林里的小溪,诗人的死。他诗里充满着静的,也许香艳的,美丽的静的意境,正如雪莱的诗里无处不是动,生命的振动,剧烈的,有色彩的,嘹亮的。我们可以拿济慈的《秋歌》对照雪莱的《西风歌》,济慈的"夜莺"对比雪莱的"云雀",济慈的"忧郁"对比雪莱的"云",一是动、舞、生命、精华的、光亮的、搏动的生命,一是静、幽、甜熟、渐缓的,"奢侈"的死,比生命更深奥更博大的死,那就是永生。懂了他的生死的概念我们再来解释他的诗。

(六)"但是我一面正在猜测着这青林里的这样那样,夜莺他还是不歇的唱着,这回唱得更浓更烈了。(先前只像荷池里的雨声,调虽急,韵节还是很匀净的;现在竟像是大块的骤雨落在盛开的丁香林中,这白英在狂颤中缤纷的坠地,雨中的一阵香雨,声调急促极了)所以他竟想在这极乐中静静的解化,平安的死去,所以他竟与无痛苦的解脱发生了恋爱,昏昏的随口编着钟爱的名字唱着赞美他,要他领了他永别这生的世界,投入永生的世界。这死所以不仅不是痛苦,真是最高的幸福,不仅不是不幸,并且是一个极大的奢侈;不仅不是消极的寂灭,这正是真生命的实现。在这青林中,在这半夜里,在这美妙的歌声里,轻轻的挑破了生命的水泡,啊,去吧!同时你在歌声中倾吐了你的内蕴的灵性,放胆的尽性的狂歌好像你在这黑暗里看出比光明更光明的光明,在你的叶荫中实现了比快乐更快乐的快乐;——我即使死了,你还是继续的唱着,直唱到我听不着,变成了土,你还是永远的唱着。"

这是全诗精神最饱满音调最神灵的一节,接着上段死的意思与永生的意思,他从自己又回想到那鸟的身上,他想我可以在这歌声里消散,但这歌声的本体呢?听歌的人可以由生入死,由死得生,这唱歌的鸟,又怎样呢?以前的六节都是低调,就是第六节调虽变,音还是像在浪花里浮沉着的一张叶片,浪花上涌时叶片上涌,浪花低伏时叶片也低伏;但这第七节是到了最高点,到了急调中的急调——诗人的情绪,和着鸟的歌声,尽情的涌了出来,他的迷醉中的诗魂已经到了梦与醒的边界。

这节里 Ruth 的本事是在旧约书里 The Book of Ruth,她是嫁给一个客民的,后来丈夫死了,她的姑要回老家,叫她也回自己的家再嫁人去,罗司一定不肯,情愿跟着她的姑到外国去守寡,后来他在麦田里收麦,她常常想着她的本乡,济慈就应用这段故事。

(七)"方才我想到死与灭亡,但是你,不死的鸟呀,你是永远没有灭亡的日子,你的歌声就是你不死的一个凭证。时代尽迁异,人事尽变化,你的音乐还是永远不受损伤,今晚上我在此地听你,这歌声还不是在几千年前已经在着,富贵的王子曾经听过你,卑贱的农夫也听过你。也许当初罗司那孩子在黄昏时站在异邦的田里割麦,她眼里含着一包眼泪思念故乡的时候,这同样的歌声,曾经从林子里透出来,给她精神的慰安,也许在中古时期幻术家在海上变出蓬莱仙岛,在波心里起造着楼阁,在这里面住着他们摄取来的美丽的女郎,们凭着窗户望海思乡时,你的歌声也曾经感动她们的心灵,给他们平安与愉快。"

(八)这段是全诗的一个总束,夜莺放歌的一个总束,也可以说人生大梦的一个总束。他这诗里有两个相对的(动机):一个是这现世界,与这面目可憎的实际的生活,这是他巴不得逃避,巴不得忘却的,一个是超现实的世界,音乐声中不朽的生命,这是他所想望的,他要实现的,他愿意解脱了不完全暂时的生为要入这完全的永久的生。他如何去法,凭酒的力量可以去,凭诗的无形的翅膀亦可以飞出尘寰,或是听着夜莺不断的唱声也可以完全忘却这现世界的种种烦恼。他去了,他化入了温柔的黑夜,化入了神灵的歌声——他就是夜莺;夜莺就是他。夜莺低唱时他也低唱,高唱时他也高唱,我们辨不清谁是谁,第六第七段充分发挥"完全的永久的生"那个动机,天空里,黑夜里已经充塞了音乐——所以在这里最高的急调尾声一个字音 foflorn 里转回到那一个动机,他所从来那个现实的世界,往来穿着的还是那一条线,音调的接合,转变处也极自然;最后揉和那两个相反的动机,用醒(现世界)与梦(想象世界)结束全文,像拿一块石子掷入山壑内的深潭里,你听那音响又清切又谐和,余音还在山壑里回荡着,使你想见那石块慢慢地,慢慢地沉入了无底的深潭……音乐完了,梦醒了,血呕尽了,夜莺死了!但他的余韵却嫋嫋的永远在宇宙间回响着……

(十三年十二月二日夜半)

曼殊斐尔

这心灵深处的欢畅,
这情绪境界的壮旷;
任天堂沉沦,地狱开放。
毁不了我内府的宝藏!

——《康河晚照即景》

美感的记忆,是人生最可珍的产业。认识美的本能,是上帝给我们进天堂的一把秘钥。行人的性情,例如我自已的,如以气候作喻,不但是阴晴相间。而且常有狂风暴雨,也有最艳丽蓬勃的春光;有时遭逢幻灭,引起厌世的悲观,铅般的重压在心上,比如冬令阴霾,到处冰结,莫有些微生气。那时便怀疑一切:宇宙,人生,自我。都只是幻的妄的;人情、希望、理想,也只是妄的幻的。

  Ah, human nature, how,
  If utterly frail thou art and vile,
  If thou art noble in part,
  How are thy loftiest and impulses and thoughts
  By so ignoble causes kindled and put out?
  "Sopra un ritratto id una bella donna."

这几行是最深入的悲观派诗人理巴第(Leopardi)的诗;一座荒坟的墓碑上,刻着冡中人生前美丽的肖像,激起了他这根本的疑问——若说人生是有理可寻的,何以到处只是矛盾的现象,若说美是幻的,何以引起的心灵反动能有如此之深刻,若说美是真的,何以也与常物同归腐朽?但理巴第探海灯似的智力虽则把人间种种事物虚幻的外象,一一给褫剥

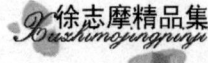

了,连宗教剥成了个赤裸的梦,他却没有力量来否认美,美的创现他只能认为神奇的;他也不能否认高洁的精神态,虽则他不信女子也能有同样的境界。在感美感恋最纯粹的一刹那间,理巴第不能不承认是极乐天国的消息,不能不承认是生命中最宝贵的经验。所以我每次无聊到极点的时候,在层冰般严封的心河底里,突然涌起一股消融一切的热流,顷刻间消融了厌世的凝晶,消融了烦恼的苦冻;那热流便是感美感恋最纯粹的一俄顷之回忆。

> To see a world in a grain of sand,
> And a Heaven in a wild flower,
> Hold Infinity in the palm of your hand,
> And eternity in an hour……
> Auguries of Innoeence:William Blake

> 从一颗沙里看出世界,
> 天堂的消息在一朵野花,
> 将无限存在你的掌上,
> 刹那间涵有无穷的边涯……

这类神秘性的感觉,当然不是普遍的经验,也不是常有的经验。凡事只讲实际的人,当然嘲讽神秘主义,当然不能相信科学可解释的神经作用,会发生科学所不能解释的神秘感觉。但世上"可为知者道不可与不知者言"的事正多着哩!

从前在十六世纪,有一次有一个意大利的牧师学者到英国乡下去,见了一大片盛开的

首蓿在阳光中竟同一湖欢舞的黄金,他只惊喜得手足无措,慌忙跪在地上,仰天祷告,感谢上帝的恩典,使他见得这样的美,这样的神景。他这样发疯似的举动,当时一定招起在旁乡下人的哗笑。我这篇要讲的经历,恐怕也有些那牧师狂喜的疯态,但我也深信读者里自有同情的人,所以我也不怕遭乡下人的笑话!

去年七月中有一天晚上,天雨地湿,我独自冒着雨在伦敦的海姆司堆特(Hampstead)问路警,问行人,在寻彭德街第十号的屋子。那就是我初次,不幸也是末次,会见曼殊斐尔——"那二十分不死的时间!"——的一晚。

我先认识麦雷君(John Middleton murry)。他是 Athe naeum 的总主笔,诗人,著名评衡家,也是曼殊斐尔一生最后十余年间最密切的伴侣。

他和她自一九一三年起,即夫妇相处,但曼殊斐尔却始终用她到英国以后的"笔名"Katharine Mansfield。她生长于纽新兰(New Zealand)原名是 Kathleen Beanchamp,是纽新兰银行经理 Sir Harold Beanchamp 的女儿。她十五年前离开了本乡,同着三个小妹子到英国,进伦敦大学皇后学院读书。她从小就以美慧著名,但身体也从小即很怯弱。她曾在德国住过,那时她写她的第一本小说"In a German Pension"。大战期内她在法国的时候多。近几年她也常在瑞士、意大利及法国南部。她常住外国,就为她身体太弱,禁不得英伦雾迷雨苦的天时,麦雷为了伴她,也只得把一部分的事业放弃("Ath enaeum"之所以并人"London Nation"就为此),跟着他安琪儿似的爱妻,寻求健康。据说可怜的曼殊斐尔战后得了肺病证明以后,医生明说她不过两三年的寿限,所以麦雷和她相处有限的光阴,真是分秒可数。多见一次夕照,多经一次朝旭,她优昙似的余荣,便也消减了如许的活力,这颇使人想起茶花女一面吐血一面纵酒恣欢时的名句:

"You know l have not long to live, therefore I will live fast!"——你知道我是活不久长的,所以我存心喝他一个痛快!

我正不知道多情的麦雷,眼看这艳丽无双的夕阳,渐渐消翳,心里"爱莫能助"的悲感,浓烈到何等田地!

但曼殊斐尔的"活他一个痛快"的方法,却不是像茶花女的纵酒恣欢,而是在文艺中努力;她像夏夜榆林中的鹃鸟,呕出缕缕的心血来制成无双的情曲,便唱到血枯音嘶,也还不忘她的责任是牺牲自己有限的精力,替自然界多增几分的美,给苦闷的人间几分艺术化精神的安慰。

她心血所凝成的便是两本小说集,一本是"Bliss",一本是去年出版的"Garden Party"。凭这两部书里的二三十篇小说,她已经在英国的文学界里占了一个很稳固的位置。一般的小说只是小说,她的小说是纯粹的文学,真的艺术;平常的作者只求暂时的流行,博群众的欢迎,她却只想留下几小块"时灰"掩不暗的真晶,只要得少数知音者的赞赏。

但唯其是纯粹的文学,她的著作的光彩是深蕴于内而不是显露于外的,其趣味也须读

者用心咀嚼,方能充分的理会。我承作者当面许可选译她的精品,如今她去世,我更应当珍重实行我翻译的特权,虽则我颇怀疑我自己的胜任。我的好友陈通伯他所知道的欧洲文学恐怕在北京比谁都更渊博些。他在北大教短篇小说,曾经讲过曼殊斐尔的,这很使我欢喜。他现在也答应也来选译几篇,我更要感谢他了。关于她短篇艺术的长处,我也希望通伯能有机会说一点。

  现在让我讲那晚怎样的会晤曼殊斐尔。早几天我和麦雷在 Charing Cross 背后一家嘈杂的 A.B.C 茶店里,讨论英法文坛的状况,我乘便说起近几年中国文艺复兴的趋向,在小说里感受俄国作者的影响最深,他喜得几于跳了起来,因为他们夫妻最崇拜俄国的几位大家,他曾经特别研究过道施滔奄夫斯基。著有一本"Dostoievsky: A Critical Study",曼殊斐尔又是私淑契诃甫(Tchekhov)的。他们常在抱憾俄国文学始终不曾受英国人相当的注意,因之小说的质与式,还脱不尽维多利亚时期的 Philistinism。我又乘便问起曼殊斐尔的近况,他说她一时身体颇过得去,所以此次敢伴着她回伦敦住两星期。他就给了我他们的住址,请我星期四晚上去会她和他们的朋友。

  所以我会见曼殊斐尔,真算是凑巧的凑巧。星期三那天我到惠尔斯(H.G. Wells)乡里的家去了(Easten Glebe),下一天和他的夫人一同回伦敦,那天雨下得很大,我记得回寓时浑身全淋湿了。

  他们在彭德街的寓处,很不容易找(伦敦寻地方总是麻烦的,我恨极了那回街曲巷的伦敦),后来居然寻着了,一家小小一楼一底的屋子,麦雷出来替我开门,我颇狼狈地拿着雨伞,还拿着一个朋友还我的几卷中国字画。进了门,我脱了雨具,他让我进右首一间屋子,我到那时为止对于曼殊斐尔只是对于一个有名的年轻女子作者的景仰与期望;至于她的"仙姿灵态"我那时绝对没有想到,我以为她只是与 Rose Macaulay, Virginia Woolf, Roma

WilSon,Venessa Bell 几位女文学家的同流人物。平常男子文学家与美术家，已经尽够怪僻，近代女子文学家更似乎故意养成怪僻的习惯，最显著的一个通习是装饰之务淡朴，务不入时，务"背女性"；头发是剪了的，又不好好地收拾，一团和糟地散在肩上；袜子永远是粗纱的；鞋上不是沾有泥就是带灰，并且大都是最难看的样式；裙子不是异样的短就是过分的长，眉目间也许有一两圈"天才的黄晕"，或是带着最可厌的美国式龟壳大眼镜，但她们的脸上却从不见脂粉的痕迹，手上装饰亦是永远没有的，至多无非是多烧了香烟的焦痕；哗笑的声音，十次有九次半盖过同座的男子；走起路来也是挺胸凸肚的，再也辨不出是夏娃的后身；开起口来大半是男子不敢出口的话；当然最喜欢讨论是 Freudian Com plex, Birth Control, 或是 George Moore 与 James Joyce 私人印行的新书，例如"A Story－teller's Holiday"与"U lysses"。总之她们的全人格只是一幅妇女解放的讽刺画。（Amy Lowell 听说整天的抽大雪茄！）和这一班立意反对上帝造人的本意的"唯智的"女子在一起，当然也有许多有趣味的地方，但有时总不免感觉她们矫揉造作的痕迹过深，引起一种性的憎忌。

我当时未见曼殊斐尔以前，固然没有想她是这样一流的 Futuristic，但也绝对没有梦想到她是女性的理想化。

所以我推进那门时我就盼望她——一个将近中年和蔼的妇人——笑盈盈地从壁炉前沙发上站起来和我握手问安。

但房里——一间狭长的壁炉对门的房——只见鹅黄色恬静的灯光，壁上炉架上杂色的美术的陈设和画件，几张有彩色画套的沙发围列在炉前，却没有一半个人影。麦雷让我一张椅上坐了，伴着我谈天，谈的是东方的观音和耶教的圣母，希腊的 Virgin Diana 埃及的 I-

sis波斯的Mithraism,里的Virgin等等之相仿佛,似乎处女的圣母是所有宗教里一个不可少的象征……我们正讲着,只听门上一声剥啄,接着进来了一位年轻的女郎,含笑着站在门口。"难道她就是曼殊斐尔——这样的年轻……"我心里在疑惑,她一头的褐色鬈发,盖着一张小圆脸,眼极活泼,口也很灵动,配着一身极鲜艳的衣装——漆鞋,绿丝长袜,银红绸的上衣,酱紫的丝绒裙——亭亭地立着,像一棵临风的郁金香。

麦雷起来替我介绍,我才知道她不是曼殊斐尔,而是屋主人,不知是密司B——什么,我记不清了,麦雷是暂寓在她家的;她是个画家,壁上挂的画,大都是她自己的作品。她在我对面的椅子上坐了。她从炉架上取下一个小发电机似的东西拿在手里,头上又戴了一个接电话生戴的听籇,向我凑得很近地说话,我先还当是无线电的玩具,随后方知这位秀美的女郎的听觉是有缺陷的!

她正坐定,外面的门铃大响——我疑心她的门铃是特别响些。来的是我在法兰先生(Roger Fry)家里会过的Sydney Walerloo,极诙谐的一位先生,有一次他从巨大的口袋里一连掏出了七八枝的烟斗,大的小的长的短的,各种颜色的,叫我们好笑。他进来就问麦雷,迦赛林今天怎样,我竖了耳朵听他的问答。麦雷说:"她今天不下楼了,天气太坏,谁都不受用……"华德鲁先生就问他可否上楼去看她,麦说可以的。华又问了密司B的允许站了起来,他正要走出门,麦雷又赶过去轻轻地说:"Sydney,don't talk too much!"

楼上微微听得步响,W已在迦赛林房中了。一面又来了两个客。一个短的M才从游希腊回来,一个轩昂的美丈夫,就是London Nation and Athenaeum里每周做科学文章署名S的Sullivan。M就讲他游历希腊的情形,尽背着古希腊的史迹名胜,Parnassus长,Mycenae短,讲个不住。S也问麦雷迦赛林如何。麦雷说今晚不下楼,W现在楼上。过了半点钟模样,W笨重的足音下来了,S问他迦赛林倦了没有,W说:"不,不像倦.可是我也说不上,我怕她累,所以我下来了。"再等一歇,S也问了麦雷的允许上楼去,麦也照样叮咛他不要让她乏了。麦问我中国的书画,我乘便就拿那晚带去的一幅赵之谦的"草书法画梅",一幅王觉斯的草书,一幅梁山舟的行书,打开给他们看,讲了些书法大意,密司B听得高兴。手捧着她的听盘,挨近我身旁坐着。

但我那时心里却颇觉失望,因为冒着雨存心要来一会Bliss的作者。偏偏她不下楼,同时W,S,麦雷的烘云托月,又增了我对她的好奇心。我想运气不好,迦赛林在楼上,老朋友还有进房去谈的特权,我外国人的生客,一定是没有分的了。时已十时过半了,我只得起身告别,走出房门,麦雷陪出来帮我穿雨衣。我一面穿衣,一面说我很抱歉,今晚密司曼殊斐尔不能下来。否则我是很想望会她一面的。不意麦雷竟很诚恳地说:"如其你不介意,不妨请上楼去一见。"我听了这话喜出望外,立即将雨衣脱下,跟着麦雷一步一步地走上楼梯……

上了楼梯,扣门,进房,介绍,S告辞,和M一同出房,关门,她请我坐下,我坐下,她也

坐下……这么一大串繁复的手续我只觉得是像电火似的一扯过,其实我只推想应有这么些的经过,却并不曾觉到:当时只觉得一阵模糊。事后每次回想也只觉得是一阵模糊,我们平常从黑暗的街上走进一间灯烛辉煌的屋子.或是从光薄的屋子里出来骤然对着盛烈的阳光,什什觉得耀光太强,头晕目眩的,得定一定神,方能辨认眼前的事物。用英文说就是 Senses overwhelmed by excessive light;不仅是光,浓烈的颜色有时也有"潮没"官觉的效能。我想我那时,虽不定是被曼殊斐尔人格的烈光所潮没,她房里的灯光陈设以及她自身饰种种各品浓艳灿烂的颜色,已够我不预防的神经,感觉刹那间的淆惑,那是很可理解的。

她的房给我的印象并不清切,因为她和我谈话时,不容我去认记房中的位置,我只知道房很小,一张大床差不多就占了全房大部分的地位,壁是用画纸裱的,挂着好几幅油画大概也是主人画的。她和我同坐在床左贴壁一张沙发榻上,因为我斜倚她正坐的缘故,她似乎比我高很多。(在她面前那一个不是低的,真是!)我疑心那两盏电灯是用红色罩的,否则何以我想起那房,便联想起"红烛高烧"的景象?但背景究属不甚重要,重要的是给我最纯粹的美感的——The purest aesthetic feeling——她;是使我使用上帝给我那把进天国的秘钥的——她;是使我灵魂的内府里,又增加了一部宝藏的——她。但要用不驯服的文字来描写那晚的她!不要说显示她人格的精华,就是单只忠实地表现我当时的单纯感象,恐怕就够难的了。从前一个人有一次做梦,进天堂去玩了,他异样的欢喜,明天一起身就到他朋友里去,想描写他神妙不过的梦境,但是!他却在朋友面前,结住舌头,一个字都说不出来,因为他要说的时候,才觉得他所学的人间适用的字句,绝对不能表现他梦里所见天堂的景色,他气得从此不开口,后来抑郁而死。我此时妄想用字来活现出一个曼殊斐尔,也差不多有同样的感觉,但我却宁要猥渎神灵罪,免得像那位诚实君子活活地闷死。她的打扮与她的朋友 B 女士相像;也是铄亮的漆皮鞋,闪色的绿丝袜,枣红丝绒的围裙,嫩黄薄绸的上衣,领口是尖开的,胸前挂着一串细珍珠,袖口只齐及肘弯。她的发是黑的,也同密司 B 一样剪短的,但她栉发的样式,却是我在欧美从没有见过的。我疑心她是有心仿效中国式,因为她的发不但纯黑,而且直而不卷,整整齐齐的一圈,前面像我们十余年前的"刘海",梳得光滑异常;我虽则说不出所以然,但觉得她发之美也是生平所仅见。

至于她眉目口鼻之清之秀之明净,我其实不能传神于万一:仿佛你对着自然界的杰作,不论是秋水洗净的湖山,霞彩纷披的夕照,或是南洋莹澈的星空,或是艺术界的杰作,培德芬的沁芳南,南怀格纳的奥配拉,密克朗其罗的雕像,卫师德拉(Whistler)或是柯罗(Corot)的画;你只觉得他们整体的美,纯粹的美,完全的美,不能分析的美,可感不可说的美;你仿佛直接无碍地领会了造化最高明的意志,你在最伟大深刻的戟刺中经验了无限的欢喜,在更大的人格中解化了你的性灵。我看了曼殊斐尔像印度最纯澈的碧玉似的容貌,受着她充满了灵魂的电流的凝视,感着她最和软的春风似的神态,所得的总量我只能称之为一整个的美感。她仿佛是个透明体,你只感讶她粹极的灵性,却看不见一些杂质。就是她一身的艳服,如其别人穿着,也许会引起琐碎的批评,但在她身上,你只是觉得妥帖,像牡丹的绿

叶,只是不可少的衬托,汤林生(H. M. Tomlingson,她生前的一个好友),以阿尔帕斯山岭万古不融的雪,来比拟她清极超俗的美,我以为很有意味的;他说:

曼殊斐尔以美称,然美固未足以状其真,世以可人为美;曼殊斐尔固可人矣,然何其脱尽尘寰气,一若高山琼雪,清澈重霄,其美可惊,而其凉亦可感。艳阳被雪,幻成异彩,亦明明可识,然亦似神境在远,不隶人间。曼殊斐尔肌肤明皙如纯牙,其官之秀,其目之黑,其颊之腴,其约发环整如髹,其神态之闲静,有华族粲者之明粹,而无西艳伉杰之容;其躯体尤苗约,绰如也,若明蜡之静焰,若晨星之澹妙,就语者未尝不自讶其吐息之重浊,而虑是静且澹者之且神化……

汤林生又说她锐敏的目光,似乎直接透入你的灵府深处,将你所蕴藏的秘密,一齐照澈。所以他说她有鬼气,有仙气;她对着你看,不是见你的面之表,而是见你心之底,但她却不是侦刺你的内蕴,不是有目地地搜罗,而只是同情的体贴。你在她面前,自然会感觉对她无缜密的必要;你不说她也有数,你说了她不会惊讶。她不会责备,她不会忿恚,她不会奖赞,她不会代你出什么物质利益的主意,她只是默默地听,听完了然后对你讲她自己超于善恶的见解——真理。

这一段从长期的交谊中出来深入的话,我与她仅仅一二十分钟的接近当然不会体会到,但我敢说从她神灵的目光里推测起来,这几句话不但是可能,而且是极近情的。

所以我那晚和她同坐在蓝丝绒的榻上,幽静的灯光,轻笼住她美妙的全体,我像受了催眠似的,只是痴对她神灵的妙眼。一任她利剑似的光波,妙乐似的音浪,狂潮骤雨似的向我灵府泼淹。我那时即使有自觉的感觉,也只似开茨(Keats)听鹃啼时的:

My heart aches, and a drowsy numbness pains
My sense, as though of homlock I had drunk……
Tis not through envy of thy happy lot
But being too happy in thy happiness……

曼殊斐尔的声音之美,又是一个 Miracle。一个个音符从她脆弱的声带里颤动出来,都在我习于尘俗的耳中,启示着一种神奇的异境,仿佛蔚蓝的天空中一颗一颗的明星先后涌现。像听音乐似的,虽则明明你一生从不曾听过,但你总觉得好像曾经闻到过的,也许在梦里,也许在前生。她的,不仅引起你听觉的美感,而竟似直达你的心灵底里,抚摩你蕴而不宣的苦痛,温和你半冷半僵的希望,洗涤你窒碍性灵的俗累,增加你精神快乐的情调,仿佛凑住你灵魂的耳畔私语你平日所冥想不到的仙界消息。我便此时回想,还不禁内动感激的悲慨。几于零泪;她是去了,她的音声笑貌也似蜃彩似的一瞥不再,我只能学 Abt Vogler 之自慰,虔信:

Whose voice has gone forth, but each survives for the melodist when eternity affirms the conception of an hour
……
Enough that he heard it once, we shall hear it by & by.

曼殊斐尔，我前面说过，是病肺痨的，我见她时正离她死不过半年，她那晚说话时，声音稍高，肺管中便如荻管似的呼呼作响。她每句语尾收顿时，总有些气促，颧颊间便也多添一层红润，我当时听出了她肺弱的音息，便觉得切心的难过，而同时她天才的兴奋，偏是逼迫她音度的提高，音愈高，肺嘶亦更呖呖，胸间的起伏，亦隐约可辨，可怜！我无奈何，只得将自己的声音特别地放低，希冀她也跟着放低些。果然很应效，她也放低了不少，但不久她又似内感思想的戟刺，重复节节的高引。最后我再也不忍因我而多耗她珍贵的精力，并且也记得麦雷再三叮嘱 W 与 S 的话，就辞了出来，总计我进房至出房她站在房口送我——不过二十分的时间。

我与她所讲的话也很有意味，但大部分是她对于英国当时最风行的几个小说家的批评——例如 Rebecca West, Roma Wilson, Hutchingson, Swinnerton 等——恐怕因为一般人不稔悉。那类简约的评断不能引起相当的兴味所以从略。麦雷白已是现在英国中年的评衡家最有学有识的一人——他去年在牛津大学讲的"The problem of style"有人誉为安诺德（Mathew Arnold）以后评衡界最重要的一部贡献——而他总常常推尊曼殊斐尔，说她是评衡的天才，有言必中肯的本能，所以我此刻要把她那晚随兴月旦的珠沫，略过不讲，很觉得有些可惜。她说她方才从瑞士回来，在那里和罗素夫妇寓所相距颇近。常常说起东方的好处。所以她原来对中国景仰，更一进而为爱慕的热忱。她说她最爱读 Arthur Waley 所翻的中国诗，她说那样的艺术在西方真是一个 Wonderful Revelation，她说新近 Amy Lowell 译的很使地失望，她这里又用她爱用的短句 That's not the thing！她问我译过没有，她再三劝我应当试试。她以为中国诗只有中国人能译得好的。

她又问我是否也是写小说的，她又问中国顶喜欢契诃甫的那几篇，译得怎么样，此外谁最有影响。

她问我最喜欢读那几家小说，我说哈代，康德拉，她的眉梢耸了一耸笑道！

"Isn't it！We have to go back to the old masters for good literature—the real thing！"

她问我回中国去打算怎么样，她希望我不进政治，她愤愤地说现代政治的世界，不论那一国，只是一乱堆的残暴和罪恶。

后来说起她自己的著作。我说她的太是纯粹的艺术，恐怕一般人反而不认识，她说：

"That's just it，then of course，popularity is never the thing for us."

我说我以后也许有机会试翻她的小说,愿意先得作者本人的许可。她很高兴地说她当然愿意,就怕她的著作不值得翻译的劳力。

她盼望我早日回欧洲,将来如到瑞士再去找她,她说怎样的爱瑞士风景,琴妮湖怎样的妩媚,我那时就仿佛在湖心柔波间与她荡舟玩景:

"Clear, placid Leman! ……
Thy soft murmuring Sounds sweet as if a Sister's voice reproved.
That I with stern delights should ever have been so moved"

我当时就满口地答应,说将来回欧一定到瑞士去访她。

末了我恐怕她已经倦了,深恨与她相见之晚,但盼望将来还有再见的机会。她送我到房门口,与我很诚挚地握别。

将近一月前我得到曼殊斐尔已经在法国的芳丹卜罗去世。这一篇文字,我早已想写出来,但始终为笔懒,延到如今,岂知如今却变了她的祭文了!

落 叶

前天你们查先生来电话要我讲演，我说但是我没有什么话讲，并且我又是最不耐烦讲演。他说："你来罢，随你讲，随你自由的讲，你爱说什么就说什么。我们这里你知道这次开学情形很困难，我们学生的生活很枯燥很闷，我们要你来给我们一点活命的水。"这话打动了我。枯燥，闷，这我懂得。虽然我与你们诸君是不相熟的，但这一件事实，你们感觉生活枯闷的事实，却立即在我与诸君无形的关系间，发生了一种真的深切的同情。我知道烦闷是怎么样一个不成形，不讲情理的怪物，他来的时候，我们的全身仿佛被一个大蛛蜘网盖住了，好容易挣出了这条手臂，那条又叫黏住了。那是一个可怕的网子。我也认识生活枯燥，他那可厌的面目，我想你们也都很认识他。他是无所不在的，他附在各个人的身上，他现在各个人的脸上。你望望你的朋友去，他们的脸上有他，你自己照镜子去，你的脸上，我想，也有他。可怕的枯燥，好比是一种毒剂，他一进了我们的血液，我们的性情，我们的皮肤就变了颜色，而且我怕是离着生命远，离着坟墓近的颜色。

我是一个信仰感情的人，也许我自己天生就是一个感情性的人。比如前几天西风到了，那天早上我醒的时候是冻着才醒过来的。我看着纸窗上的颜色比往常的淡了，我被窝里的肢体像是浸在冷水里似的；我也听见窗外的风声，吹着一颗枣树上的枯叶，一阵一阵的掉下来，在地上卷着，沙沙的发响：有的飞出了外院去，有的留在墙角边转着，那声响真像是叹气。我因此就想起这西风，冷醒了我的梦，吹散了树上的叶子，那成绩在一般饥荒贫苦的社会里一定格外的可惨。那天我出门的时候，果然见街上的情景比往常不同了：穷苦的老头、小孩全躲在街角上发抖——他们迟早免不了树上枯叶子的命运。那一天我就觉得特别的闷，差不多发愁了。

因此我听着查先生说你们生活怎样的烦闷，怎样的干枯，我就很懂得，我就愿意来对你们说一番话。我的思想——如其我有思想——永远不是成系统的。我没有那样的天才。我的心灵的活动是冲动性的，简直可以说痉挛性的。思想不来的时候，我不能要他来；他来的时候，就比如穿上一件湿衣，难受极了，只能想法子把他脱下。我有一个比喻，我方才说起秋风里的枯叶,我可以把我的思想比作树上的叶子,时期没有到,他们是不很会掉下来的;但是到时期了,再要有风的力量,他们就只能一片一片的往下落;大多数也许是已经没有生命了的,枯了的,焦了的,但其中也许有几张还留着一点秋天的颜色,比如枫叶就是红的,海棠叶就是五彩。这叶子实用是绝对没有的;但有人,比如我自己,就有爱落叶的癖好。他们初下来时颜色有很鲜艳的,但时候久了,颜色也变,除非你保存得好。所以我的话,那就是我的思想,也是与落叶一样的无用,至多有时有几痕生命的颜色就是了。你们不爱的尽可以随意的踩过,绝对不必理会;但也许有少数人有缘分的,不责备它们的无用,竟许会把它们捡起来揣在怀里,间在书里,想延留他们幽澹的颜色。感情,真的感情,是难得的,是名贵的,是应当共有的;我们不应该拒绝感情,或是压迫感情,那是犯罪的行为,与压住泉眼不让上冲,或是掐住小孩不让喘气一样的犯罪。人在社会里本来是不相连续的个体。感情,先天的与后天的,是一种线索,一种经纬,把原来分散的个体织成有文章的整体。但有时线索也有破烂与涣散的时候,所以一个社会里必须有新的线索继续的产出,有破烂的地方去补,有涣散的地方去拉紧,才可以维持这组织大体的匀整。有时生产力特别加增时,我们就有机会或是推广,或是加添我们现有的面积,或是加密,像网球板穿双线似的。我们现成的组织,因为我们知道创造的势力与破坏的势力,建议与溃败的势力,上帝与撒但的势力,是同时存在的。这两种势力是在一架天平上比着;他们很少平衡的时候,不是这头沉,就是那头沉。是的,人类的命运是在一架大天平上比着,一个巨大的黑影,那是我们集合的化身,在那里看着,他的手里满拿着分两的砝码,一会往这头送,一会又往那头送。地球尽转着,太阳、月亮、星,轮流的照着,我们的运命永远是在天平线上称着。

　　我方才说网球拍,不错,球拍是一个好比喻。你们打球的知道网拍上那里几根线是最

吃重、最要紧，那几根线要是特别有劲的时候，不仅你对敌时拉球、抽球、拍球格外来的有力、出色，并且你的拍子也就格外的经用。少数特强的分子保持了全体的匀整。这一条原则应用到人道上，就是说，假如我们有力量加密，加强我们最普通的同情线，那线如其穿连得到所有跳动的人心时，那时我们的大网子就坚实耐用，天津人说的，就有根。不问天时怎样的坏，管他雨也罢，云也罢，霜也罢，风也罢，管他水流怎样的急，我们假如有这样一个强有力的大网子，那怕不能在时间无尽的洪流里——早晚网起无价的珍品，那怕不能在我们运命的天平上重重的加下创造的生命的分量？

所以我说真的感情，真的人情，是难能可贵的，那是社会组织的基本成分。初起也许只是一个人心灵里偶然的震动，但这震动，不论怎样的微弱，就产生了及远的波纹；这波纹要是唤得起同情的反应时，原来细的便并成了粗的，原来弱的便合成了强的，原来脆性的便结成了韧性的，像一缕缕的苎麻打成了粗绳似的；原来只是微波，现在掀成了大浪，原来只是山罅里的一股细水，现在流成了滚滚的大河，向着无边的海洋里流着。耶稣在山头上的训道（"Sermon on the Mount"），比如，这不是有限的几句话，但这一篇短短的演说，却制定了人类想望的止境，建设了绝对的价值的标准，创造了一个纯粹的完全的宗教。那是一件大事实，人类历史上一件最伟大的事实。再比如释迦牟尼感悟了生老病死的究竟，发大慈悲心，发大勇猛心，发大无畏心，抛弃了人间的地位，富与贵，家庭与妻子，直到深山里去修道，结果他也替苦闷的人间打开了一条解放的大道，为东方民族的天才下一个最光华的定义。那又是人类历史上的一件奇迹。但这样大事的起源还不止是一个人的心灵里偶然的震动，可不仅仅是一滴最透明的真挚的感情滴落在黑沉沉的宇宙间？

感情是力量，不是知识。人的心是力量的府库，不是他的逻辑。有真感情的表现，不论是诗是文是音乐是雕刻或是画，好比是一块石子掷在平面的湖心里，你站着就看得见他引起的变化。没有生命的理论，不论他论的是什么理，只是拿石块扔在沙漠里，无非在于枯的地面上添一颗干枯的分子，也许掷下去时便听得出一些干枯的声响，但此外只是一大片死一般的沉寂了。所以感情才是成江成河的水泉，感情才是织成大网的线索。

但是我们自己的网子又是怎么样呢？现在时候到了，我们应当张大了我们的眼睛，认明白我们周围事实的真相。我们已经含糊了好久，现在再不容含糊的了。让我们来大声的宣布我们的网子是坏了的，破了的，烂了的；让我们痛快的宣告我们民族的破产，道德，政治，社会，宗教，文艺，一切都是破产了的。我们的心窝变成了蠹虫的家，我们的灵魂里住着一个可怕的大谎！那天平上沉着的一头是破坏的重量，不是创造的重量；是溃败的势力，不是建设的势力；是撒但的魔力，不是上帝的神灵。霎时间这边路上长满了荆棘，那边道上涌起了洪水，我们头顶有骇人的声响，是雷霆还是炮火呢？我们周围有一哭声与笑声，哭是我们的灵魂受污辱的悲声，笑是活着的人们疯魔了的狞笑，那比鬼哭更听的可怕，更凄惨。我们张开眼来看时，差不多再没有一块干净的土地，那一处不是叫鲜血与眼泪冲毁了的；更没

有平安的所在,因为你即使忘得了外面的世界,你还是躲不了你自身的烦闷与苦痛。不要以为这样混沌的现象是原因于经济的不平等,或是政治的不安定,或是少数人的放肆的野心。这种种都是空虚的,欺人自欺的理论,说着容易,听着中听,因为我们只盼望脱卸我们自身的责任,只要不是我的份,我就有权利骂人。但这是,我着重的说,懦怯的行为;这正是我说的我们各个人灵魂里躲着的大谎!你说少数的政客,少数的军人,或是少数的富翁,是现在变乱的原因吗?我现在对你说:先生,你错了,你很大的错了,你太恭维了那少数人,你太瞧不起你自己。让我们一致的来承认,在太阳普遍的光亮底下承认,我们各个人的罪恶,各个人的不洁净,各个人的苟且与懦怯与卑鄙!我们是与最肮脏的一样的肮脏,与最丑陋的一般的丑陋,我们自身就是我们运命的原因。除非我们能起拔了我们灵魂里的大谎,我们就没有救度;我们要把祈祷的火焰把那鬼烧净了去,我们要把忏悔的眼泪把那鬼冲洗了去,我们要有勇敢来承当罪恶;有了勇敢来承当罪恶,方有胆量来决斗罪恶。再没有第二条路走。如其你们可以容恕我的厚颜,我想念我自己近作的一首诗给你们听,因为那首诗,正是我今天讲的话的更集中的表现——

一、毒药

今天不是我唱歌的日子,我口边涎着狞恶的微笑;不是我说笑的日子,我胸怀间插着发冷光的利刃。相信我,我的思想是恶毒的,因为这世界是恶毒的;我的灵魂是黑暗的,因为太阳已经灭绝了光彩;我的声音是像坟堆里的夜鸮,因为人间已经杀尽了一切的和谐;我的口音像是冤鬼责问他的仇人,因为一切的恩已经让路给一切的怨。

但是相信我,真理是在我的话里,虽则我的话像是毒药;真理是永远不含糊的,虽则我的话里仿佛有两头蛇的舌，蝎子的尾尖，蜈蚣的触须。只因为我的心里充满着比毒药更强烈，比咒诅更狠毒，比火焰更猖狂，比死更深奥的不忍心与怜悯心与爱心，所以我说的话是毒性的，咒诅的，燎灼的，虚无的。

相信我，我们一切的准绳已经埋没在珊瑚土打紧的墓宫里，你们最劲冽的祭肴的香味也穿不透这严封的地层：一切的准则是死了的；

我们一切的信心像是顶烂在树枝上的风筝，我们手里擎着这迸断了的鹞线：一切的信心是烂了的。

相信我，猜疑的巨大的黑影，像一块乌云似的，已经笼盖着人间一切的关系；人子不再悲哭他新死的亲娘，兄弟不再来携着他姊妹的手，朋友变成了寇仇，看家的狗回头来咬他主人的腿：是的，猜疑淹没了一切。

在路旁坐着啼哭的，在街心里站着的，在你窗前探望的，都是被奸污的处女；池潭里只见烂破的鲜艳的荷花；

在人道恶浊的涧水里流着，浮荇似的，五具残缺的尸体，他们是仁义礼智信，向着时间无尽的海澜里流去；

这海是一个不安静的海，波涛猖撅的翻着，在每个浪头的小白帽上分明的写着人欲与兽性；

到处是奸淫的现象：贪心搂抱着正义，猜忌逼迫着同情，懦怯狎亵着勇敢，肉欲侮弄着恋爱，暴力侵凌着人道，黑暗践踏着光明。

听呀，这一片淫猥的声响！听呀，这一片残暴的声响！

虎狼在热闹的市街里，强盗在你们妻子的床上，罪恶在你们深奥的灵魂里……

二、白旗

来,跟着我来,拿一面白旗在你们的手里——不是上面写着激动怨毒,鼓励残杀字样的白旗,也不是涂着不洁净血液的标记的白旗,也不是画着忏悔与咒语的白旗(把忏悔画在你们的心里);

你们排列着,噤声的,严肃的,像送丧的行列,不容许脸上留存一丝的颜色,一毫的笑容,严肃的,噤声的,像一队决死的兵士;

现在时辰到了,一齐举起你们手里的白旗,像举起你们的心一样,仰看着你们头顶的青天,不转瞬的,惶恐的,像看着你们自己的灵魂一样;

现在时辰到了,你们让你们熬着,壅着,迸裂着,滚沸着的眼泪流,直流,狂流,自由的流,痛快的流,尽性的流,像山水出峡似的流,像暴雨倾盆似的流……

现在时辰到了,你们让你们咽着,压迫着,挣扎着,汹涌着的声音嚎,直嚎,狂嚎,放肆的嚎,凶狠的嚎,像飓风在大海波涛间的嚎,像你们丧失了最亲爱的骨肉时的嚎……

现在时辰到了,你们让你们回复了的天性忏悔,让眼泪的滚油煎净了的,让悲恸的雷霆震醒了的天性忏悔,默默的忏悔,悠久的忏悔,沉彻的忏悔,像冷峭的星光照落在一个个寂寞的山谷,像一个黑衣的尼僧匍伏在一座金漆的神龛前;

……

在眼泪的沸腾里,在嚎恸的酣彻里,在忏悔的沉寂里,你们望见了上帝永久的威严。

三、婴儿

我们要盼望一个伟大的事实出现,我们要守候一个馨香的婴儿出世——

你看他那母亲在她生产的床上受罪!

他那少妇的安详,柔和,端丽,现在在剧烈的阵痛里变形成不可信的丑恶。你看她那遍体的筋络都在她薄嫩的皮肤底里暴涨着,可怕的青色与紫色,像受惊的水青蛇在田沟里急泅似的,汗珠站在她的前额上像一颗颗的黄豆;他的四肢与身体猛烈的抽搐着,畸屈着,奋挺着,纠旋着,仿佛她垫的席子是用针尖编成的,仿佛她的帐围是用火焰织成的。

一个安详的,镇定的,端庄的,美丽的少妇,现在在绞痛的惨酷里变形成魔鬼似的可怖:她的眼,一时紧紧的阖着,一时巨大的睁着;她那眼,原来像冬夜池潭里反映着的明星,现在吐露着青黄色的凶焰,眼珠像是烧红的炭火,映射出她灵魂最后的奋斗;她的唇,原来是朱红色的,现在像是炉底的冷灰;她的口颤着,撅着,扭着,死神的热烈的亲吻不容许她一息的平安;她的发是散披着,横在口边,漫在胸前,像揪乱的麻丝;她的手指间,还紧抓着几穗拧下来的乱发。

这母亲在她生产的床上受罪——

但是她还不曾绝望,她的生命挣扎着血与肉与骨与肢体的纤微,在危崖的边沿上,抵抗着,搏斗着,死神的逼迫;

她还不曾放手,因为她知道(她的灵魂知道!)这苦痛不是无因的,因为她知道她的胎宫里孕育着一点比她自己更伟大的生命的种子,包涵着一个比一切更永久的婴儿;

因为她知道这苦痛是婴儿要求出世的征候,是种子在泥土里爆裂成美丽的生命的消息,是她完成她自己生命的使命的机会;

因为她知道这忍耐是有结果的,在她剧痛的昏瞀中,她仿佛听着上帝准许人间祈祷的声音,她仿佛听着天使们赞美未来的光明的声音。

因此她忍耐着,抵抗着,奋斗着……她抵拼绷断她遍体的纤微,她要赎出在她胎宫里动荡着的生命,在她一个完全,美丽的婴儿出世的盼望中,最锐利,最沉酣的痛感逼成了最锐利最沉酣的快感……

这也许是无聊的希冀,但是谁不愿意活命,就使到了绝望最后的边沿,我们也还要妄想希望的手臂从黑暗里伸出来挽着我们。我们不能不想望这苦痛的现在只是准备着一个更光荣的将来,我们要盼望一个洁白的肥胖的活泼的婴儿出世!

新近有两件事实,使我得到很深的感触。让我来说给你们听听。

前几时有一天俄国公使馆挂旗,我也去看了。加拉罕站在台上,微微的笑着,他的脸上发出一种严肃的青光,他侧仰着他的头看旗上升时,我觉着了他的人格的尊严,他至少是一个有胆有略的男子,他有为主义牺牲的决心,他的脸上至少没有苟且的痕迹,同时屋顶那根旗杆上,冉冉的升上了一片的红光,背着窈远没有一斑云彩的青天。那面簇新的红旗在风前斗峭的袅荡个不定。这异样的彩色与声响引起了我异样的感想。是腼腆,是骄傲,还是鄙夷,如今这红旗初次面对着我们偌大的民族?在场人也有拍掌的,但只是断续的拍掌,这就算是我想我们初次见红旗的敬意;但这又是鄙夷,骄傲,还是惭愧呢?那红色是一个伟大的象征,代表人类史里最伟大的一个时期;不仅标示俄国民族流血的成绩,却也为人类立下了一个勇敢尝试的榜样。在那旗子抖动的声响里我不仅仿佛听出了这近十年来那斯拉夫民族失败与胜利的呼声,我也想像到百数十年前法国革命时的狂热,一七八九年七月四日那天巴黎市民攻破巴士梯亚牢狱时的疯癫。自由,平等,友爱!友爱,平等,自由!你们听呀,在这呼声里人类理想的火焰一直从地面上直冲破天顶,历史上再没有更重要更强烈的转变的时期。卡莱尔(Calyle)在他的法国革命史里形容这件大事有三句名句,他说,"To describe this scene transcends the talent of mortals. Afer four hours of worldbedlam it surrenders. The Bastille is down!"他说:"要形容这一景超过了凡人的力量。过了四小时的疯狂他(那大牢)投降了。巴士梯亚是下了!"打破一个政治犯的牢狱不算是了不得的大事,但这事实里有一个象征。巴士梯亚是代表阻碍自由的势力,巴黎士民的攻击是代表全人类争自由的势力,巴士梯亚的"下"是人类理想胜利的凭证。自由,平等,友爱!友爱,平等,自由!法国人在百几十年前猖狂的叫著。这叫声还在人类的性灵里荡著。我们不好像听见吗,虽则隔著百几十年光阴的旷野。如今凶恶的巴士梯亚又在我们的面前堵著;我们如其再不发疯,他那牢门上的铁钉,一个个都快刺透我们的心胸了!

　　这是一件事。还有一件是我六月间伴着泰戈尔到日本时的感想。早七年我过太平洋时曾经到东京去玩过几个钟头,我记得到上野公园去,上一座小山去下望东京的市场,只见连绵的高楼大厦,一派富盛繁华的景象。这回我又到上野去了,我又登山去望东京城了,那分别可太大了!房子,不错,原是有的;但从前是几层楼的高房,还有不少有名的建筑,比如帝国剧场帝国大学等等,这次看见的,说也可怜,只是薄皮松板暂时支著应用的鱼鳞似的屋

子，白松松的像一个烂发的花头，再没有从前那样富盛与繁华的气象。十九的城子都是叫那大地震吞了去烧了去的。我们站着的地面平常看是再坚实不过的，但是等到他起兴时小小的翻一个身，或是微微的张一张口，我们脆弱的文明与脆弱的生命就够受。我们在中国的差不多是不能想着世界上，在醒着的不是梦里的世界上，竟可以有那样的大灾难。我们中国人是在灾难里讨生活的，水、旱、刀兵、盗劫，那一样没有，但是我敢说我们所有的灾难合起来也抵不上我们邻居一年前遭受的大难。那事情的可怕，我敢说是超过了人类忍受力的止境。我们国内居然有人以日本人这次大灾为可喜的，说他们活该，我真要请协和医院大夫用X光检查一下他们那几位，究竟他们是有没有心肝的。因为在可怕的运命的面前，我们人类的全体只是一群在山里逢着雷霆风雨时的绵羊，那里还能容什么种族政治等等的偏见与意气？我来说一点情形给你们听听，因为虽则你们在报上看过极详细的记载，不曾亲自察看过的总不免有多少距离的隔膜。我自己未到日本前与看过日本后，见解就完全的不同。你们试想假定我们今天在这里集会，我讲的，你们听的，假如日本那把戏轮着我们头上来时，要不了滴答滴答滴答的三秒钟我与你们讲台与屋子就永远诀别了地面，像变戏法似的，影踪都没了。那是事实，横滨有好几所五六层高的大楼，全是在三四秒时间内整个儿与地面拉一个平，全没了。你们知道圣书里面形容天降大难的时候，不要说本来脆弱的人

类完全放弃了一切的虚荣，就是最猛挚的野兽与飞禽也会在霎时间变化了性情：老虎会像小猫似的挨着你躲着，利喙的鹰鹊会得躲入鸡棚里去窝着，比鸡还要驯服。在那样非常的变动时，他们也好似觉悟了这彼此同是生物的亲属关系，在天怒的跟前同是剥夺了抵抗力的小虫子，这里面就发生了同命运的同情。你们试想就东京一地说，二三百万的人口，几十百年辛勤的成绩，突然的面对着最后审判的实在，就在今天我们回想起当时他们全城子像一个滚沸的油锅时的情景，原来热闹的市场变成了光焰万丈的火盆，在这里而人类最集中的心力与体力的成绩全变了燃料，在这里而艺术教育政治社会人的骨与肉与血都化成了灰烬，还有百十万男女老小的哭嚷声，这哭声本体就可以摇动天地——我们不要说亲身经历，就是坐在椅子上想像这样不可信的情景时，也不免觉得害怕不是？那可不是顽儿的事情。单只描写那样的大变，恐怕至少就须要荷马或是莎士比亚的天才。你们试想在那时候，假如你们亲身经历时，你的心理该是怎么样？你还恨你的仇人吗？你还不饶恕你的朋友吗？你还沾恋你个人的私利吗？你还有欺哄人的机会吗？你还有什么希望吗？你还不搂住你身旁的生物，管他是你的妻子，你的老子，你的听差，你的妈，你的冤家，你的老妈子，你的猫，你的狗，把你灵魂里还剩下的光明一齐放射出来，和着你同难的同胞在这普遍的黑暗里来一个最后的结合吗？

但运命的手段还不是那样的简单。他要是把你的一切都扫灭了，那倒也是一个痛快的结束；他可不然。他还让你活着，他还有更苛刻的试验给你。大难过了，你还喘着气；你的家，你的财产，部变了你脚下的灰，你的爱亲与妻与儿女的骨肉还有烧不烂的在火堆里燃

着,你没有了一切;但是太阳又在你的头上光亮的照着,你还是好好的在平定的地面上站着,你疑心这一定是梦,可又不是梦,因为不久你就发现与你同难的人们,他们也一样的疑心他们身受的是梦。可真不是梦;是真的。你还活着,你还喘着气,你得重新来过,根本的完全的重新来过。除非是你自愿放手,你的灵魂里再没有勇敢的分子。那才是你的真试验的时候。这考卷可不容易交了,要到那时候你才知道你自己究竟有多大能耐,值多少,有多少价值。

我们邻居日本人在灾后的实际就是这样。全完了,要来就得完全来过,尽你己身的力量不够,加上你儿子的,你孙子的,你孙子的儿子的儿子的孙子的努力也许可以重新撑起这份家私,但在这努力的经程中,谁也保不定天与地不再捣乱;你的几十年只要他的几秒钟。问题所以是你干不干?就只干脆的一句话,你干不干,是或否?同时也许无情的运命,扭著他那丑陋可怕的脸子在你的身旁冷笑,等着你最后的回话。你干不干,他仿佛也涎著他的怪脸问着你!

我们勇敢的邻居们已经交了他们的考卷;他们回答了一个干脆的干字,我们不能不佩服。我们不能不尊敬他们精神的人格。不等那大震灾的火焰缓和下去,我们邻居们第二次的奋斗已经庄严的开始了。不等运命的残酷的手臂松放,他们已经宣言他们积极的态度对运命宣战。这是精神的胜利,这是伟大,这是证明他们有不可摇的信心,不可动的自信力;证明他们是有道德的与精神的准备的,有最坚强的毅力与忍耐力的,有内心潜在着的精力的,有充分的后备军的,好比说,虽则前敌一起在炮火里毁了,这只是给他们一个出马的机会。他们不但不悲观,不但不消极,不但不绝望,不但不矮着嗓子乞怜,不但不倒在地下等救,在他们看来这大灾难,只是一个伟大的戟刺,伟大的鼓励,伟大的灵感,一个应有的试验,因此他们新来的态度只是双倍的积极,双倍的勇猛,双倍的兴奋,双倍的有希望;他们仿佛是经过大战的大将，战阵愈急迫愈危险，战鼓愈打得响亮，他的胆量愈大，往前冲的步子愈紧，必胜的决心愈强。这，我说，真是精神的胜利，一种道德的强制力，伟大的，难能的，可尊敬的，可佩服的。泰戈尔说的，国家的灾难，个人的灾难，都是一种试验；除是灾难的结果压倒了你的意志与勇敢，那才是真的灾难，因为你更没有翻身的希望。

　　这也并不是说他们不感觉灾难的实际的难受，他们也是人，他们虽勇，心究竟不是铁打的。但他们表现他们痛苦的状态是可注意的；他们不来零碎的呼叫，他们采用一种雄伟的庄严的仪式。此次震灾的周年纪念时，他们选定一个时间，举行他们全国的悲哀；在不知是几秒或几分钟的期间内，他们全国的国民一致的静默了，全国民的心灵在那短时间内融合在一阵忏悔的，祈祷的，普遍的肃静里（那是何等的凄伟！）；然后，一个信号打破了全国的静默，那千百万人民又一致的高声悲号，悲悼他们曾经遭受的惨运；在这一声弥漫的哀号里，他们国民，不仅发泄了蓄积着的悲哀，这一声长号，也表明他们一致重新来过的伟大的决心（这又是何等的凄伟！）。

　　这是教训，我们最切题的教训。我个人从这两件事情——俄国革命与日本地震——感到极深刻的感想：一件是告诉我们什么是有意义有价值的牺牲，那表面紊乱的背后坚定的站着某种主义或是某种理想，激动人类潜伏着一种普遍的想望，为要达到那想望的境界，他们就不顾冒怎样剧烈的险与难，拉倒已成的建设踏平现有的基础，抛却生活的习惯，尝试最不可测量的路子。这是一种疯癫，但是有目的的疯癫；单独的看，局部的看，我们尽可以下种种非难与责备的批评，但全部的看，历史的看时，那原来纷乱的就有了条理，原来散漫的就成了片段，甚至于在经程中一切反理性的分明残暴的事实都有了他们相当的应有的位置，在这部大悲剧完成时，在这无形的理想"物化"成事实时，在人类历史清理节账时，所得便超过所出，赢余至少是盖得过损失的。我们现在自己的悲惨就在问题不集中，不清楚，不

一贯;我们缺少——用一个现成的比喻——那一面半空里升起来的彩色旗(我不是主张红旗,我不过比喻罢了!)使我们有眼睛能看的人都不由的不仰着头望;缺少那青天里的一个霹雳,使我们有耳朵能听的不由的惊心。正因为缺乏这样一个一贯的理想与标准(能够表现我们潜在意识所想望的),我们有的那一部疯癫性——历史上所有的大运动都脱不了疯癫性的成分——就没有机会充分的外现,我们物质生活的累赘与沾恋,便有力量压迫住我们精神性的奋斗;不是我们天生不肯牺牲,也不是天生懦怯,我们在这时期内的确不曾寻着值得或是强迫我们牺牲的那件理想的大事,结果是精力的散漫,志气的怠惰,苟且心理的普遍,悲观主义的盛行,一切道德标准与一切价值的毁灭与埋葬。

　　人原来是行为的动物,尤其是富有集合行为力的,他有向上的能力,但他也是最容易堕落的,在他眼前没有正当的方向时,比如猛兽监禁在铁笼子里。在他的行为力没有发展的机会时,他就会随地躺了下来,管他是水潭是泥潭,过他不黑不白的猪奴的生活。这是最可惨的现象,最可悲的趋向。如其我们容忍这种状态继续存在时,那时每一对父母每次生下一个洁净的小孩,只是为这卑劣的社会多添一个堕落的分子,那是莫大的亵渎的罪业;所有的教育与训练也就根本的失去了意义,我们还不如盼望一个大雷霆下来毁尽了这三江或四江流域的人类的痕迹!

　　再看日本人天灾后的勇猛与毅力,我们就不由的不惭愧我们的穷,我们的乏,我们的寒伧。这精神的穷乏才是真可耻的,不是物质的穷乏。我们所受的苦难都还不是我们应有的试验的本身,那还差得远着哪;但是我们的丑态已经恰好与人家的从容成一个对照。我们的精神生活没有充分的涵养,所以临着稀小的纷扰便没有了主意,像一个耗子似的,他的天才只是害怕,他的伎俩只是小偷;又因为我们的生活没有深刻的精神的要求,所以我们合群生活的大网子就缺少最吃分量最经用的那几条普遍的同情线,再加之原来的经纬已经到了完全破烂的状态,这网子根本就没有了联结,不受外物侵损时已有溃散的可能,那里还能在时代的急流里,捞起什么有价值的东西?说也奇怪,这几千年历史的传统精神非但不曾供给我们社会一个巩固的基础,我们现在到了再不容隐讳的时候,谁知道发现我们的桩子,只是在黄河里造桥,打在流沙里的!

难怪悲观主义变成了流行的时髦!但我们年轻人,我们的身体里还有生命跳动,脉管里多少还有鲜血的年轻人,却不应当沾染这最致命的时髦,不应当学那随地躺得下去的猪,不应当学那苟且专家的耗子,现在时候逼迫了,再不容我们刹那的含糊。我们要负我们应负的责任,我们要来补织我们已经破烂的大网子,我们要在我们各个人的生活里抽出人道的同情的纤维来合成强有力的绳索,我们应当发现那适当的象征,像半空里那面大旗似的,引起普遍的注意;我们要修养我们精神的与道德的人格,预备忍受将来最难堪的试验。简单的一句话,我们应当在今天——过了今天就再没有那一天了——宣布我们对于生活基本的态度。是是还是否;是积极还是消极;是生道还是死道;是向上还是堕落?在我们年轻人一个字的答案上就挂着我们全社会的运命的决定。我盼望我至少可以代表大多数青年,在这篇讲演的末尾,高叫一声——用两个有力量的外国字——

"Everlasting yea!"

一九二四年秋在北京师范大学的演讲稿

欧游漫录

旅 伴

西班牙有一个俗谚,大旨是"一人不是伴,两人正是伴,三数便成群,满四就是乱"。这旅行,尤其是长途的旅行,选伴是一桩极重要的事情。我的理论我的经验,都使我无条件的主张独游主义——是说把游历本身看做目的。同样一个地方你独身来看与结伴来看所得的结果就不同。理想的同伴(比如你的爱妻或是爱友或是爱什么)当然有,但与其冒险不如意同伴的懊怅不如立定主意独身走来得妥当。反正近代的旅行其实是太简单容易了,尤其是欧洲,哑巴瞎子聋子傻瓜都不妨放胆去旅行,只要你认识字,会得做手势,口袋里有钱,你就不会丢。

我这次本来已经约定了同伴,那位先生高明极了,他在西伯利亚打过几年仗,红党白党(据他自己说)都是他的朋友,会说俄国话,气力又大,跟他同走一定吃不了亏。可是我心里明白,天下没有无条件的便宜,况且军官大爷不是容易伺候的,回头他发现假定的"绝对服从"有漏孔时他就对着这无抵抗的弱者发威,那可不是玩!这样一想我觉得还是独身去西伯利亚冒险,比较的不恐怖些。说也巧,那位先生在路上发现他的公事还不曾了结至少须延迟一星期动身,我就趁机会告辞,一溜烟先自跑了!

同时在车上我已经结识了两个旅伴:一位是德国人,做帽子生意的,他的脸子他的脑袋,他的肚子都一致声明他决不是另一国人;他可没有日耳曼人往常的镇定,在他那一双闪铄的小眼睛里你可以看出他一天害怕与提防危险的时候多,自有主见的时候少。他的鼻子不消说完且是叫啤酒与酒精薰糟了的,皮里的青筋全都纠盘的供着活像一只霁红碎瓷的鼻烟壶。他常常替他自己发现着急的原因,不是担忧他的护照少了一种签字,便是害怕俄国人要充公他新做的衬衫。他念过他的叔本华;每次不论讲什么问题他的结句总是:"倒不错,叔本华也是这么说的!"

还有一个更有趣的旅伴在车上结识的是意大利人。他也是在东方做帽子生意的。如其那位德国先生满脑子装着香肠啤酒与叔本华，我见了不由得不起敬。这位拉丁族的朋友我简直的爱他了。我初次见他，猜他是个大学教授，第二次见他猜他是开矿的，到最后才知道他是卖帽子给我们的，我与他谈得投机极了。他有的是谐趣，书也看得不少，见解也不平常。像这种无意中的旅伴是很难得的，我一途来不觉着寂寞就幸亏有他，我到了还与他通信。你们都见过大学眼药的广告不是？那有一点儿像我那朋友。只是他漂亮多了，他那烧胡是不往下挂的，修得顶整齐，又黑又浓又紧，骤看像是一块天鹅绒；他的眼最表示他头脑的敏锐，他的两颊是鲜杨梅似的红，益发激起他白的肤色与漆黑的发。他最爱念的书是 Don Quixteo Ariosto 中他的癖好，丹德当然更是他从小的陪伴。

托尔斯泰

　　我在京的时候，记得有一天，为东方杂志上一条新闻，和朋友们起劲的谈了半天，那新闻是列宁死后，他的太太到法庭上去起诉，被告是骨头早腐了的托尔斯泰，说他的书，是代表波淇洼的人生观，与苏维埃的精神不相容，列宁临死的时候，叮嘱他太太一定得想法取缔他，否则苏维埃有危险。法庭的判决是列宁太太胜诉，宣告托尔斯泰的书一起毁版，现在的书全化成灰，从这灰再造纸，改印列宁的书。我们那时候大家说这消息太离奇了，也许又是美国人存心诬毁苏俄的一种宣传，但同时杜洛茨基为做了《十月革命》那书上法庭被软禁的消息又到了，又似乎不是假的，这样看来苏俄政府，什么事情都做得出，托尔斯泰那话竟许也有影子的。

　　我们毕竟有些"波淇洼"头脑，对于诗人文学家的迷信，总还脱不了，还有什么言论自由，行动自由，出版自由，那一套古董，也许免不了迷恋，否则为甚么单单托尔斯泰毁版的消息叫我们不安呢？我还记得那天陈通伯说笑话，他说这来你们新文学家应得格外当心了，要不然不但没饭吃，竟许有坐监牢的希望。在坐的人，大约只有郁达夫可放心些，他教人家做贼，那总可以免掉波淇洼的嫌疑了！

　　所以我一到莫斯科见人就要打听托尔斯泰的消息，后来我会着了老先生的大小姐，六十岁的一位太太，顶和气的，英国话、德国话都说得好，下回你们过莫斯科也可以去看看她，我们使馆李代表太太认识她，如其她还在，你们可以找她去介绍。

　　托尔斯泰大小姐的颧骨，最使我想起他的老太爷，此外有甚么相似的地方，我不敢说。我当然问起那新闻，但她好像并没有直接答复我，她只说现代书铺子里他的书差不多买不着了。不但托尔斯泰，就是屠格涅夫，道施妥奋夫斯基等一班作者的书都快灭迹了。我问她现在莫斯科还有甚么重要的文学家，她说全跑了，剩下的全是不相干的。我问她这几年他们一定经尝了苦难的生活，她含着眼泪说可不是，接着就讲她们姊妹，在革命期内过的日子，天天与饿死鬼做近邻，不知有多少时候晚上没有灯火点，但是她说倒是在最窘的时候，我们心地最是平安，离着死太近了也就不怕，我们往往在黑夜里在屋内或在门外围坐着，轮流念书唱歌,有时和着一起唱,唱起了劲,什么苦恼都忘了。我问她现在的情形怎样,她说现在好了,你看我不是还有两间屋子,这许多学画的学生,饿死总不至于,除非那恐怖的日子再回来,那是不敢想的了,我下星期就得到法国去,那边请我去讲演,我感谢政府已经给我出境的护照,你知道那是很不易得到的。她又讲起她的父亲的晚年,怎样老夫妻的吵闹,她那时年轻也懂不得,后来托尔斯泰单身跑了出去,死在外面,他的床还在另一处纪念馆里陈列着,到死不见家人的面!

她的外间讲台上坐着一个袒半身的男子,黑胡髭、大眼睛,有些像蚕塞夫康赖特;她的学生们都在用心的临着画;一只白玉似纯净的小猫在一张桌上跳着玩。我们临走的时候,他的姑娘进来了,还只十八九岁模样,极活泼的,可是在小姑娘脸上,托尔斯泰的影子都没了。

方才听说道施妥奄夫斯基的女儿快饿死了,现在德国或是波兰,有人替她在报上告急;这样看来,托尔斯泰家的姑娘们,运气还算是好的了。

巴黎的鳞爪

咳巴黎!到过巴黎的一定不会再稀罕天堂;尝过巴黎的,老实说,连地狱都不想去了。整个的巴黎就像是一床野鸭绒的垫褥,衬得你通体舒泰,硬骨头都给熏酥了的——有时许太热一些。那也不碍事,只要你受得住。赞美是多余的,正如赞美天堂是多余的;咒诅也是多余的,正如咒诅地狱是多余的。巴黎,软绵绵的巴黎,只在你临别的时候轻轻地嘱咐一声"别忘了,再来!"其实连这都是多余的。谁不想再去?谁忘得了?

香草在你的脚下,春风在你的脸上,微笑在你的周遭。不拘束你,不责备你,不督饬你,不窘你,不恼你,不揉你。它搂着你,可不缚住你;是一条温存的臂膀,不是根绳子。它不是不让你跑,但它那招逗的指尖却永远在你的记忆里晃着。多轻盈的步履,罗袜的丝光随时可以沾上你记忆的颜色!

但巴黎却不是单调的喜剧。赛因河的柔波里掩映着罗浮宫的倩影,它也收藏着不少失意人最后的呼吸。流着,温驯的水波;流着,缠绵的恩怨。咖啡馆:和着交颈的软语,开怀的笑响,有踞坐在屋隅里蓬头少年计较自毁的哀思。跳舞场:和着翻飞的乐调,迷醇的酒香,有独自支颐的少妇思量着往迹的怆心。浮动在上一层的许是光明,是欢畅,是快乐,是甜蜜,是和谐;但沉淀在底里阳光照不到的才是人事经验的本质;说重一点是悲哀,说轻一点是惆怅;谁不愿意永远在轻快的流波里漾着,可得留神了你往深处去时的发现!

一天,一个从巴黎来的朋友找我闲谈,谈起了劲,茶也没喝,烟也没吸,一直从黄昏谈到天亮,才各自上床去躺了一歇,我一合眼就回到了巴黎,方才朋友讲的情境惝恍的把我自己也缠了进去;这巴黎的梦真醇人,醇你的心,醇你的意志,醇你的四肢百体,那味儿除是亲尝过的谁能想像!——我醒过来时还是迷糊的忘了我在那儿,刚巧一个小朋友进房来站在我的床前笑吟吟喊我"你做什么梦来了,朋友,为什么两眼潮潮的像哭似的?"我伸手一摸,果然眼里有水,不觉也失笑了——可是朝来的梦,一个诗人说的,同是这悲凉滋味,正不知这泪是为那一个梦流的呢!

下面写下的不成文章,不是小说,不是写实,也不是写梦——在我写的人只当是随口曲。南边人说的"出门不认货",随你们宽容的读者们怎样看罢。

出门人也不能太小心了,走道总得带些探险的意味。生活的趣味大半就在不预期的发现,要是所有的明天全是今天刻板的化身,那我们活什么来了?正如小孩子上山就得采花,到海边就得捡贝壳,书呆子进图书馆想捞新智慧——出门入到了巴黎就想……

你的批评也不能过分严正不是?少年老成——什么话!老成是老年人的特权,也是他们的本分;说来也不是他们甘愿,他们是到了年纪不得不。少年人如何能老成?老成了才是怪哪!

放宽一点说,人生只是个机缘巧合;别瞧日常生活河水似的流得平顺,它那里面多的是潜流,多的是漩涡——轮着的时候谁躲得了给卷了进去?那就是你发愁的时候,是你登仙的时候,是你辨着酸的时候,是你尝着甜的时候。

巴黎也不定比别的地方怎样不同:不同就在那边生活流波里的潜流更猛,漩涡更急,因此你叫给卷进去的机会也就更多。

我赶快得声明我是没有叫巴黎的漩涡给淹了去——虽则也就够险。多半的时候我只是站在赛因河岸边看热闹,下水去的时候也不能说没有,但至多也不过在靠岸清浅处溜着,从没敢往深处跑——这来漩涡的纹螺,势道,力量,可比远在岸上时认清楚多了。

九小时的萍水缘

我忘不了她。她是在人生的急流里转着的一张萍叶,我见着了它,掬在手里把玩了一晌,依旧交还给它的命运,任它飘流去——它以前的飘泊我不曾见来,它以后的飘泊,我也

见不着，但就这曾经相识匆匆的恩缘——实际上我与她相处不过九小时——已在我的心泥上印下踪迹，我如何能忘，在忆起时如何能不感须臾的惆怅？

那天我坐在那热闹的饭店里瞥眼看着她，她独坐在灯光最暗漆的屋角里。这屋内那一个男子不带媚态，那一个女子的胭脂口上不沾笑容？就只她：穿一身淡素衣裳，戴一顶宽边的黑帽，在鬗密的睫毛上隐隐闪亮着深思的目光——我几乎疑心她是修道院的女僧偶尔到红尘里随喜来了。我不能不接着注意她，她的别样的支颐的倦态，她的曼长的手指，她的落漠的神情，有意无意间的叹息，都在激发我的好奇——虽则我那时左边已经坐下了一个瘦的，右边来了肥的，四条光滑的手臂不住的在我面前晃着酒杯。但更使我奇异的是她不等跳舞开始就匆匆的出去了，好像害怕或是厌恶似的。第一晚这样，第二晚又是这样：独自默默的坐着，到时候又匆匆的离去。到了第三晚她再来的时候我再也忍不住不想法接近她。第一次得着的回音，虽则是"多谢好意，我再不愿交友"的一个拒绝，只是加深了我的同情的好奇。我再不能放过她。巴黎的好处就在处处近人情；爱慕的自由是永远容许的。你见谁爱慕谁想接近谁，绝不是犯罪，除非你在经程中泄漏了你的尘气暴气，陋相或是贪相，那不

是文明的巴黎人所能容忍的。只要你"识相",上海人说的,什么可能的机会你都可以利用。对方人理你不理你,当然又是一回事;但只要你的步骤对,文明的巴黎人决不让你难堪。

我不能放过她。第二次我大胆写了个字条付中间人——店主人——交去。我心里直怔怔的怕讨没趣。可是回话来了——她就走了,你跟着去吧。

她果然在饭店门口等着我。

你为什么一定要找我说话,先生,像我这再不愿意有朋友的人?

她张着大眼看我,口唇微微地颤着。

我的冒昧是不望恕的,但是我看了你忧郁的神情我足足难受了三天,也不知怎的我就想接近你,和你谈一次话,如其你许我,那就是我的想望,再没有别的意思。

真的她那眼内绽出了泪来,我话还没说完。

想不到我的心事又叫一个异邦人看透了……她声音都哑了。

我们在路灯的灯光下默默的互注了一晌,并着肩沿马路走去,走不到多远她说不能走,我就问她的允许雇车坐上,直望波龙尼大林园清凉的暑夜里兜去。

原来如此,难怪你听了跳舞的音乐像是厌恶似的,但既然不愿意何以每晚还去?

那是我的感情作用;我有些舍不得不去,我在巴黎一天,那是我最初遇见——他的地方,但那时候的我……可是你真的同情我的际遇吗,先生?我快有两个月不开口了,不瞒你说,今晚见了你我再也不能制止,我爽性说给你我的生平的始末吧,只要你不嫌。我们还是回那饭庄去罢。

你不是厌烦跳舞的音乐吗?

她初次笑了。多齐整洁白的牙齿,在道上的幽光里亮着!有了你我的生气就回复了不少,我还怕什么音乐?

我们俩重进饭庄去选一个基角坐下,喝完了两瓶香槟,从十一时舞影最凌乱时谈起,直到早三时客人散尽侍役打扫屋子时才起身走,我在她的可怜身世的演述中遗忘了一切,当前的歌舞再不能分我丝毫的注意。

下面是她的自述。

我是在巴黎生长的。我从小就爱读天方夜谭的故事,以及当代描写东方的文学;啊,东方,我的童真的梦魂那一刻不在它的玫瑰园中留恋?十四岁那年我的姊姊带我上北京去住,她在那边开一个时式的帽铺,有一天我看见一个小身材的中国人来买帽子,我就觉着奇怪,一来他长得异样的清秀,二来他为什么要来买那样时式的女帽。到了下午一个女太太拿了方才买去的帽子来换了,我姊姊就问她那中国人是谁,她说是她的丈夫。说开了头她就讲她当初怎样为爱他触怒了自己的父母,结果断绝了家庭和他结婚,但她一点也不追悔,因为她的中国丈夫待她怎样好法,她不信西方人会得像他那样体贴,那样温存。我再也忘不了她说话时满心怡悦的笑容。从此我仰慕东方的私衷又添深了一层颜色。

我再回巴黎的时候已经长成了,我父亲是最宠爱我的,我要什么他就给我什么。我那时就爱跳舞,啊,那些迷醉轻易的时光,巴黎那一处舞场上不见我的舞影。我的妙龄,我的颜色,我的体态,我的智慧,尤其是我那媚人的大眼——啊,如今你见的只是悲惨的余生再不留当时的丰韵——制定了我初期的堕落。我说堕落不是? 是的,堕落,人生那处不是堕落,这社会那里容得一个有姿色的女人保全她的清洁? 我正快走入险路的时候,我那慈爱的老父早已看出我的倾向,私下安排了一个机会,叫我与一个有爵位的英国人接近。一个十七岁的女子那有什么主意,在两个月内我就做了新娘。

说起那四年结婚的生活,我也不应得过分的抱怨,但我们欧洲的势利的社会实在是树心里生了蠹,我怕再没有回复健康的希望。我到伦敦去做贵妇人时我还是个天真的孩子,那有什么机心,那懂得虚伪的卑鄙的人间的底里,我又是个外国人,到处遭受嫉忌与批评。还有我那叫名的丈夫。他娶我究竟为什么动机我始终不明白,许贪我年轻贪我貌美带回家去广告他自己的手段,因为真的我不曾感着他一息的真情;新婚不到几时他就对我冷淡了,其实他就没有热过,碰巧我是个傻孩子,一天不听著一半句软语,不受些温柔的怜惜,到晚上我就不自制的悲伤。他有的是钱,有的是趋奉谄媚,成天在外打猎作乐,我愁了不来慰我,我病了不来问我,连著三年抑郁的生涯完全消灭了我原来活泼快乐的天机,到第四年实在耐不

住了,我与他吵一场回巴黎再见我父亲的时候,他几乎不认识我了。我自此就永别了我的英国丈夫。因为虽则实际的离婚手续在他方面到前年方始办理,他从我走了后也就不再来顾问我——这算是欧洲人夫妻的情分!

我从伦敦回到巴黎,就比久困的雀儿重复飞回了林中,眼内又有了笑,脸上又添了春色,不但身体好多,就连童年时的种种想望又在我心头活了回来。三四年结婚的经验更叫我厌恶西欧,更叫我神往东方。东方,啊,浪漫的多情的东方!我心里常常的怀念着。有一晚,那一个运定的晚上,我就在这屋子内见着了他,与今晚一样的歌声,一样的舞影,想起还不就是昨天,多飞快的光阴,就可怜我一个单薄的女子,无端叫运神摆布,在情网里颠连,在经验的苦海里沉沦。朋友,我自分是已经埋葬了的活人,你何苦又来逼着我把往事掘起,我的话是简短的,但我身受的苦恼,朋友,你信我,是不可量的;你望我的眼里看,凭着你的同情你可以在刹那间领会我灵魂的真际!

他是非利滨人,也不知怎的我初次见面就迷了他。他肤色是深黄的,但他的性情是不可信的温柔;他身材是短的,但他的私语有多叫人魂销的魔力?啊,我到如今还不能怨他;我爱他太深,我爱他太真,我如何能一刻忘他,虽则他到后来也是一样的薄情,一样的冷酷。你不倦么,朋友,等我讲给你听?

我自从认识了他我便倾注给他我满怀的柔情,我想他,那负心的他,也够他的享受,那三个月神仙似的生活!我们差不多每晚在此聚会的。秘谈是他与我,欢舞是他与我,人间再有更甜美的经验吗?朋友你知道痴心人赤心爱恋的疯狂吗?因为不仅满足了我私心的想望,我十多年梦魂缭绕的东方理想的实现。有他我什么都有了,此外我更有什么沾恋?因此等到我家里为这事情与我开始交涉的时候,我更不踌躇的与我生身的父母根本决绝。我此时又想起了我垂髫时在北京见着的那个嫁中国人的女子,她与我一样也为了痴情牺牲一切,我只希冀她这时还能保持着她那纯爱的生活,不比我这失运人成天在幻灭的辛辣中回味。

我爱定了他。他是在巴黎求学的,不是贵族,也不是富人,那更使我放心,因为我早年的经验使我迷信真爱情是穷人才能供给的。谁知他骗了我——他家里也是有钱的,那时我在热恋中抛弃了家,牺牲了名誉,跟了这黄脸人离却巴黎,辞别欧洲,经过一个月的海程,我就到了我理想的灿烂的东方。啊,我那时的希望与快乐!但才出了红海,他就上了心事,经我再三的逼,他才告诉他家里的实情,他父亲是菲利滨最有钱的土著,性情是极严厉的,他怕轻易不能收受我进他们的家庭。我真不愿意把此后可怜的身世烦你的听,朋友,但那才是我痴心人的结果,你耐心听着吧!

东方,东方才是我的烦恼!我这回投进了一个更陌生的社会,呼吸更沉闷的空气；他们自己中间也许有他们温软的人情，但轮着我的却一样还只是猜忌与讥刻，更不容情的刺袭我的孤独的性灵。果然他的家庭不容我进门，把我看作一个"巴黎淌来的可疑的妇人"。我为爱他也不知忍受了多少不可忍的侮辱，吞了多少悲泪，但我自慰的是他对我不变的恩情。因为在初到的一时他还是不时来慰我——我独自赁屋住着。但慢慢的也不知是人言浸润还是他原来爱我不深，他竟然表示割绝我的意思。朋友，试想我这孤身女子牺牲了一切为的还不是他的爱，如今连他都离了我，那我更有什么生机？我怎的始终不曾自毁，我至今还不信，因为我那时真的是没路走了。我又没有钱，他狠心丢了我，我如何能再去缠他，这也许是我们白种人的倔强，我不久便揩干了眼泪，出门去自寻活路。我在一个菲美合种人的家里寻得了一个保姆的职务；天幸我生性是耐烦领小孩的——我在伦敦的日子没孩子管，我就养猫弄狗——救活我的是那三五个活灵的孩子，黑头发短手指的乖乖。在那炎热的岛上我是过了两年没颜色的生活，得了一次凶险的热病，从此我面上再不存青年期的光彩。我的心境正稍稍回复平衡的时候两件不幸的事情又临着了我：一件是我那他与另一女子的结婚，这消息使我昏绝了过去；一件是被我弃绝的慈父也不知怎的问得了我的踪迹，来电说他老病快死要我回去。

啊，天罚我！等我赶回巴黎的时候正好赶着与老人诀别，忏悔我先前的造孽！

　　从此我在人间还有什么意趣？我只是个实体的鬼影，活动的尸体；我的心也早就死了，再也不起波澜；在初次失望的时候我想像中还有个辽远的东方，但如今东方只在我的心上留下一个鲜明的新伤，我更有什么希冀，更有什么心情？但我每晚还是不自主的到这饭店里来小坐，正如死去的鬼魂忘不了他的老家！我这一生的经验本不想再向人前吐露，谁知又碰着了你，苦苦的追着我，逼我再一度撩拨死尽的火灰，这来你够明白了，为什么我老是这落漠的神情，我猜你也是过路的客人，我深深自幸又接近一次人情的温慰，但我不敢希望什么，我的心是死定了的，时候也不早了，你看方才舞影凌乱的地板上现在只剩一片冷淡的灯光，侍役们已经收拾干净，我们也该走了，再会吧，多情的朋友！

翡冷翠山居闲话

在这里出门散步去，上山或是下山，在一个晴好的五月的向晚。正像是去赴一个美的宴会，比如去一果子园，那边每株树上都是满挂着诗情最秀逸的果实，假如你单是站著看还不满意时，只要你一伸手就可以采取，可以恣尝鲜味，足够你性灵的迷醉。阳光正好暖和，决不过暖；风息是温驯的，而且往往因为他是从繁花的山林里吹度过来他带来一股幽远的澹香，连着一息滋润的水汽，摩挚着你的颜面，轻绕着你的肩腰，就这单纯的呼吸已是无穷的愉快；空气总是明净的，近谷内不生烟，远山上不起霭，那美秀风景的全部正像画片似的展露在你的眼前，供你闲暇的鉴赏。

作客山中的妙处，尤在你永不须踌躇你的服色与体态；你不妨摇曳着一头的蓬草，不妨纵容你满腮的苔藓；你爱穿什么就穿什么；扮一个牧童，扮一个渔翁，装一个农夫，装一个走江湖的桀卜闪，装一个猎户；你再不必提心整理你的领结，你尽可以不用领结，给你的颈根与胸膛一半日的自由，你可以拿一条这边艳色的长巾包在你的头上，学一个太平军的头目，或是拜伦那埃及装的姿态；但最要紧的是穿上你最旧的旧鞋，别管他模样不佳，他们是顶可爱的好友，他们承着你的体重却不叫你记起你还有一双脚在你的底下。

这样的玩顶好是不要约伴，我竟想严格的取缔，只许你独身；因为有了伴多少总得叫你分心，尤其是年轻的女伴，那是最危险最专制不过的旅伴，你应得躲避她像你躲避青草里一条美丽的花蛇！平常我们从自己家里走到朋友的家里，或是我们执事的地方，那无非是在同一个大牢里从一间狱室移到另一间狱室去，拘束永远跟著我们，自由永远寻不到我们；但在这春夏间美秀的山中或乡间你要是有机会独身闲逛时，那才是你福星高照的时候，那才是你实际领受，亲口尝味，自由与自在的时候，那才是你肉体与灵魂行动一致的时候。朋友们，我们多长一岁年纪往往只是加重我们头上的枷，加紧我们脚胫上的链，我们见小孩子在草里在沙堆里在浅水里打滚作乐，或是看见小猫追他自己的尾巴，何尝没有羡慕的时候，但我们的枷，我们的链永远是制定我们行动的上司！所以只有你单身奔赴大自然的怀抱时，像一个裸体的小孩扑入他母亲的怀抱时，你才知道灵魂的愉快是怎样的，单是活着的快乐是怎样的，单就呼吸单就走道单就张眼看耸耳听的幸福是怎样的。因此你得严格的为己，极端的自私，只许你，体魄与性灵，与自然同在一个脉搏里跳动，同在一个音波里起伏，同在一个神奇的宇宙里自得。我们浑朴的天真是像含羞草似的娇柔，一经同伴的抵触，他就卷了起来，但在澄静的日光下，和风中，他的姿态是自然的，他的生活是无阻碍的。

你一个人漫游的时候，你就会在青草里坐地仰卧，甚至有时打滚，因为草的和暖的颜色自然的唤起你童稚的活泼；在静僻的道上你就会不自主的狂舞，看着你自己的身影幻出种种诡异的变相，因为道旁树木的阴影在他们迁徐的婆娑里暗示你舞蹈的快乐；你也会得信口的歌唱，偶尔记起断片的音调，与你自己随口的小曲，因为树林中的莺燕告诉你春光是应得赞美的；更不必说你的胸襟自然会跟着漫长的山径开拓，你的心地会看着澄蓝的天空静定，你的思想和着山壑间的水声，山罅里的泉响，有时一澄到底的清澈，有时激起成章的波动，流，流，流入凉爽的橄榄林中，流入妩媚的阿诺河去……

并且你不但不须应伴，每逢这样的游行，你也不必带书。书是理想的伴侣，但你应得带书，是在火车上，在你住处的客室里，不是在你独身漫步的时候。什么伟大的深沉的鼓舞的清明的优美的思想的根源不是可以在风籁中，云彩里，山势与地形的起伏里，花草的颜色与香息里寻得？自然是最伟大的一部书，葛德说，在他每一页的字句里我们读得最深奥的消息。并且这书上的文字是人人懂得的；阿尔帕斯与五老峰，雪西里与普陀山，来茵河与扬子江，梨梦湖与西子湖，建兰与琼花，杭州西溪的芦雪与威尼市夕照的红潮，百灵与夜莺，更不提一般黄的黄麦，一般紫的紫藤，一般青的青草同在大地上生长，同在和风中波动——他们应用的符号是永远一致的，他们的意义是永远明显的，只要你自己心灵上不长疮瘢，眼不盲，耳不塞，这无形迹的最高等教育便永远是你的名分，这不取费的最珍贵的补剂便永远供你的受用；只要你认识了这一部书，你在这世界上寂寞时便不寂寞，穷困时不穷困，苦恼时有安慰，挫折时有鼓励，软弱时有督责，迷失时有南针。

一九二五年六月作

北戴河海滨的幻想

他们都到海边去了。我为左眼发炎不曾去。我独坐在前廊,偎坐在一张安适的大椅内,袒着胸怀,赤着脚,一头的散发,不时有风来撩拂。清晨的晴爽,不曾消醒我初起时睡态;但梦思却半被晓风吹断。我阖紧眼帘内视,只见一斑斑消残的颜色,一似晚霞的余赭,留恋地胶附在天边。廊前的马樱,紫荆,藤萝,青翠的叶与鲜红的花,都将他们的妙影映印在水汀上,幻出幽媚的情态无数;我的臂上与胸前,亦满缀了绿荫的斜纹。从树荫的间隙平望,正见海湾;海波亦似被晨曦唤醒,黄蓝相间的波光,在欣然的舞蹈。滩边不时见白涛涌起,迸射着雪样的水花。浴线内点点的小舟与浴客,水禽似的浮着;幼童的欢叫,与水波拍岸声,与潜涛呜咽声,相间的起伏,却报一滩的生趣与乐意。但我独坐的廊前,却只是静静的,静静的无甚声响。妩媚的马樱,只是幽幽的微展着,蝇虫也敛翅不飞。只有远近树里的秋蝉在纺纱似的引他们不尽的长吟。

在这不尽的长吟中,我独坐在冥想。难得是寂寞的环境,难得是静定的意境;寂寞中有不可言传的和谐,静默中有无限的创造。我的心灵,比如海滨,生平初度的怒潮,已经渐次的消翳,只剩有疏松的海砂中偶尔的回响,更有残缺的贝壳,反映星月的辉芒。此时摸索潮余的斑痕,追想当时汹涌的情景,是梦或是真,再亦不须辨问,只此眉梢的轻皱,唇边的微哂,已足解释无穷奥绪,深深的蕴伏在灵魂的微纤之中。

青年永远趋向反叛,爱好冒险;永远如初度航海者,幻想黄金机缘于浩森的烟波之外;想割断系岸的缆绳,扯起风帆,欣欣地投入无垠的怀抱。他厌恶的是平安,自喜的是放纵与豪迈。无颜色的生涯,是他目中的荆棘;绝海与凶谲,是他爱自由的途径。他爱折玫瑰:为她的色香,亦为她冷酷的刺毒。他爱搏狂澜:为他的庄严与伟大,亦为他吞噬一切的天才,最是激发他探险与好奇的动机。他崇拜冲动:不可测,不可节,不可预逆,起,动,消歇皆在无形中,狂飙似的倏忽与猛烈与神秘。他崇拜斗争:从斗争中求剧烈的生命的意义,从斗争中求绝对的实在,在血染的战阵中,呼嗷胜利之狂欢或歌败丧的哀曲。

幻象消灭是人生里命定的悲剧;青年的幻灭,更是悲剧中的悲剧,夜一般的沉黑,死一般的凶恶。纯粹的，猖狂的热情之火，不同阿拉亭的神灯，只能放射一时的异彩，不能永久地朗照；转瞬间，或许，便已敛熄了最后的焰舌，只留存有限的余烬与残灰，在未灭的余温里自伤与自慰。

流水之光，星之光，露珠之光，电之光，在青年的妙目中闪耀，我们不能不惊讶造化者艺术之神奇；然可怖的黑影，倦与衰与饱餍的黑影，同时亦紧紧的跟着时日进行，仿佛是烦恼，痛苦，失败，或庸俗的尾曳，亦在转瞬间，彗星似的扫灭了我们最自傲的神辉——流水涸，明星没，露珠散灭，电闪不再！

在这艳丽的日辉中，只见愉悦与欢舞与生趣，希望，闪烁的希望，在荡漾，在无穷的碧空中，在绿叶的光泽里，在虫鸟的歌吟中，在青草的摇曳中——夏之荣华，春之成功。春光与希望，是长驻的；自然与人生，是调谐的。

在远处在福的山谷内，莲馨花在坡前微笑，稚羊在乱石间跳跃，牧童们，有的吹着芦笛，有的平卧在草地上，仰看变幻的浮游的白云，放射下的青影在初黄的稻田中缥缈地移过。在远处安乐的村中，有妙龄的村姑，在流涧边照映她自制的春裙；口衔烟斗的农夫三四，在预度秋收的丰盈，老妇人们坐在家门外阳光中取暖，她们的周围有不少的儿童，手擎着黄白的钱花在环舞与欢呼。

在远——远处的人间，有无限的平安与快乐，无限的春光……

在此暂时可以忘却无数的落蕊与残红；亦可以忘却花荫中掉下的枯叶，私语地预告三秋的情意；亦可以忘却苦恼的僵瘪的人间，阳光与雨露的殷勤，不能再恢复他们腮颊上生命的微笑，亦可以忘却纷争的互杀的人间，阳光与雨露的仁慈，不能感化他们凶恶的兽性；亦

可以忘却庸俗的卑琐的人间,行云与朝露的丰姿,不能引逗他们刹那间的凝视;亦可以忘却自觉的失望的人间,绚烂的春时与媚草,只能反激他们悲伤的意绪。

我亦可以暂时忘却我自身的种种;忘却我童年期清风白水似的天真;忘却我少年期种种虚荣的希冀;忘却我渐次的生命的觉悟;忘却我热烈的理想的寻求;忘却我心灵中乐观与悲观的斗争;忘却我攀登文艺高峰的艰辛;忘却刹那的启示与彻悟之神奇;忘却我生命潮流之骤转;忘却我陷落在危险的漩涡中之幸与不幸;忘却我追忆不完全的梦境;忘却我大海底里埋着的秘密;忘却曾经刳割我灵魂的利刃,炮烙我灵魂的烈焰,摧毁我灵魂的狂飙与暴雨;忘却我的深刻的怨与艾;忘却我的冀与愿;忘却我的恩泽与惠感;忘却我的过去与现在……

过去的实在,渐渐的膨胀,渐渐的模糊,渐渐的不可辨认;现在的实在,渐渐的收缩,逼成了意识的一线,细极狭极的一线,又裂成了无数不相联续的黑点……黑点亦渐次的隐翳?幻术似的灭了,灭了,一个可怕的黑暗的空虚……

印度洋上的秋思

昨夜中秋。黄昏时西天挂下一大帘的云母屏，掩住了落日的光潮，将海天一体化成暗蓝色，寂静得如黑衣尼在圣座前默祷。过了一刻，即听得船艄布篷上悉悉索索啜泣起来，低压的云夹着迷濛的雨色，将海线逼得像湖一般窄，沿边的黑影，也辨认不出是山是云，但涕泪的痕迹，却满布在空中水上。

又是一番秋意！那雨声在急骤之中，有零落萧疏的况味，连着阴沉的气氲，只是在我灵魂的耳畔私语道："秋！"我原来无欢的心境，抵御不住那样温婉的浸润，也就开放了春夏间所积受的秋思，和此时外来的怨艾构合，产出一个弱的婴儿——"愁"。

天色早已沉黑，雨也已休止。但方才啜泣的云，还疏松地幕在天空，只露着些惨白的微光，预告明月已经装束齐整，专等开幕。同时船烟正在莽莽苍苍地吞吐，筑成一座蟒鳞的长桥，直联及西天尽处，和船轮泛出的一流翠波白沫，上下对照，留恋西来的踪迹。

北天云幕豁处，一颗鲜翠的明星，喜孜孜地先来问探消息，像新嫁媳的侍婢，也穿扮得遍体光艳，但新娘依然姗姗未出。

我小的时候，每于中秋夜，呆坐在楼窗外等看"月华"。若然天上有云雾缭绕，我就替"亮晶晶的月亮"担忧。若然见了鱼鳞似的云彩，我的小心就欣欣怡悦，默祷着月儿快些开花，因为我常听人说只要有"瓦楞"云，就有月华；但在月光放彩以前，我母亲早已逼我去上床，所以月华只是我脑筋里一个不曾实现的想象，直到如今。

现在天上砌满了瓦楞云彩，霎时间引起了我早年许多有趣的记忆——但我的纯洁的童心，如今那里去了！

月光有一种神秘的引力。她能使海波咆哮，她能使悲绪生潮。月下的喟息可以结聚成山，月下的情泪可以培畴百亩的畹兰，千茎的紫琳耿。我疑悲哀是人类先天的遗传，否则，何以我们几年不知悲感的时期，有时对着一泻的清辉，也往往凄心滴泪呢？

但我今夜却不曾流泪。不是无泪可滴，也不是文明教育将我最纯洁的本能锄净，却为是感觉了神圣的悲哀，将我理解的好奇心激动，想学契古特白登来解剖这神秘的"眸冷骨

累"。冷的智永远是热的情的死仇。他们不能相容的。

但在这样浪漫的月夜,要来练习冷酷的分析,似乎不近人情!所以我的心机一转,重复将锋快的智刃剧起,让沉醉的情泪自然流转,听他产生什么音乐;让绻缱的诗魂漫自低回,看他寻出什么梦境。

明月正在云岩中间,周围有一圈黄色的彩晕,一阵阵的轻霭,在她面前扯过。海上几百道起伏的银沟,一齐在微叱凄其的音节,此外不受清辉的波域,在暗中愤愤涨落,不知是怨是慕。

我一面将自己一部分的情感,看入自然界的现象,一面拿着纸笔,痴望着月彩,想从她明洁的辉光里,看出今夜地面上秋思的痕迹,希冀他们在我心里,凝成高洁情绪的菁华。因为她光明的捷足,今夜遍走天涯,人间的恩怨那一件不经过她的慧眼呢?

(一)印度的Ganges(埂奇)河边有一座小村落,村外一个榕绒密绣的湖边,生着一对情醉的男女,他们中间草地上放着一尊古铜香炉,烧着上品的水息,那温柔婉恋的烟篆,沉馥香浓的热气,便是他们爱感的象征——月光从云端里轻俯下来,在那女子胸前的珠串上,水息的烟尾上,印下一个慈吻,微哂,重复登上她的云艇,上前驶去。

一家别院的楼上,窗帘不曾放下,几枝肥满的桐叶正在玻璃上摇曳逗趣,月光窥见了窗内一张小蚊床上紫纱帐里,安眠着一个安琪儿似的小孩,她轻轻挨进身去,在他温软的眼睫上,嫩桃似的腮上,抚摩了一会。又将她银色的纤指,理齐了他脐圆的额发,霭然微哂着,又回她的云海去了。

一个失望的诗人,坐在河边一块石头上,满面写着幽郁的神情,他爱人的倩影,在他胸中像河水似的流动,他又不能在失望的渣滓里榨出些微的甘液,他张开两手,仰着头,让大慈大悲的月光,那时正在过路,洗沐他泪腺湿肿的眼眶,他似乎感觉到清心的安慰,立即摸

出一管笔，在白衣襟上写道：

"月光，
你是失望儿的乳娘！"

面海一座柴房的窗棂里，望得见屋里的内容：一张小桌上放着半块面包和几条冷肉，晚餐的剩余。窗前几上开着一本家用的圣经，炉架上两座点着的烛台，不住地在流泪，旁边坐着一个皱面扶腰的老妇人，两眼半闭地落在伏在她膝上悲泣的一个少妇，她的长裙散在地板上像一只大花蝶。老妇人掉头向窗外望，只见远远海涛起伏，和慈祥的月光在拥抱密吻，她叹了声气向着斜照在圣经上的月彩喑道：

"真绝望了！真绝望了！"

她独自在她精雅的书室里，把灯火一齐熄了，倚在窗口一架藤椅上。月光从东墙肩上斜泻下去，笼住她的全身，在花砖上幻出一个窈窕的倩影。她两根乖辫的发梢，她微澹的媚唇，和庭前几茎高峙的玉兰花，都在静谧的月色中微颤，她和她的呼吸，吐出一股幽香，不但邻近的花草，连月儿闻了，也禁不住迷醉，她腮边天然的妙涡。已有好几日不圆满：她瘦损了。但她在想什么呢？月光，你能否将我的梦魂带去，放在离她三五尺的玉兰花枝上。

威尔斯西境一座矿床附近，有三个工人，口衔着笨重的烟斗，在月光中间坐。他们所能想到的话都已讲完，但这异样的月彩，在他们对面的松林，左首的溪水上，平添了不可言语比说的妩媚，惟有他们工余倦极的眼珠不阚，彼此不约而同晚较往常多抽了两斗的烟，但他们矿火熏黑，煤块擦黑的面容，表示他们心灵的薄弱，在享乐烟斗以外；虽经秋月溪声的戟刺，也不能有精美情绪之反感。等月影移西一些，他们默默地扑出了一斗灰，起身进屋，各自登床睡去。月光从屋背飘眼望进去，只见他们都已睡熟；他们即使有梦，也无非矿内矿外的景色！

月光渡过了爱尔兰海峡，爬上海尔佛林的高峰，正对着静默的红潭。潭水凝定得像一大块冰，铁青色。四围斜坦的小峰，全都满铺着蟹青和蛋白色的岩片碎石，一株矮树都没有。沿潭间有些丛草，那全体形势，正像一大青碗，现在满盛了清洁的月辉，静极了，草里不闻虫吟，水里不闻鱼跃；只有石缝里潜涧沥淅之声，断续地作响，仿佛一座大教堂里点着一星小火，益发对照出静穆宁寂的境界，月儿在铁色的潭面上，倦倚了半晌，重复报起她的银泻，过山去了。

昨天船离了新加坡以后，方向从正东改为东北，所以前几天的船梢正对落日，此后"晚霞的工厂"渐渐移到我们船向的左手来了。

昨夜吃过晚饭上甲板的时候，船右一海银波，在犀利之中涵有幽秘的彩色，凄清的表情，引起了我的凝视。那放银光的圆球正挂在你头上，如其起靠着船头仰望。她今夜并不

十分鲜艳。她精圆的芳容上似乎轻笼着一层藕灰色的薄纱;轻漾着一种悲喟的音调;轻染着几痕泪化的雾霭。她并不十分鲜艳,然而她素洁温柔的光线中,犹之少女浅蓝妙眼的斜瞟;犹之春阳融解在山巅白云反映的嫩色,含有不可解的迷力,媚态,世间凡具有感觉性的人,只要承沐着她的清辉,就发生也是不可理解的反应,引起隐复的内心境界的紧张——像琴弦一样——人生最微妙的情绪,戟震生命所蕴藏高洁名贵创现的冲动。有时在心理状态之前,或于同时,撼动躯体的组织,使感觉血液中突起冰流之冰流,嗅神经难禁之酸辛,内脏汹涌之跳动,泪腺之骤热与润湿。那就是秋月兴起的秋思——愁。

昨晚的月色就是秋思的泉源,岂止,真是悲哀幽骚悱怨沉郁的象征,是季候运转的伟剧中最神秘亦最自然的一幕,诗艺界最凄凉亦最微妙的一个消息。

今夜月明人尽望,不知秋思在谁家。

中国字形具有一种独一的妩媚,有几个字的结构,我看来纯是艺术家的匠心:这也是我们国粹之尤粹者之一。譬如"秋"字,已经是一个极美的字形;"愁"字更是文字史上有数的杰作;有石开湖晕,风扫松针的妙处,这一群点画的配置,简直经过柯罗的书篆,米仡朗基罗的雕圭 Chopin 的神感;像——用一个科学的比喻——原子的结构,将旋转宇宙的大力收缩成一个无形无纵的电核。这十三笔造成的象征,似乎是宇宙和人生悲惨的现象和经验,吁喟和涕泪,所凝成最纯粹精密的结晶,满充了催迷的秘力。你若然有高蒂闲(Gautier)异超的知感性,定然可以梦到愁,字变形为秋霞黯绿色的通明宝玉,若用银槌轻击之,当吐银色的幽咽电蛇似腾入云天。

我并不是为寻秋意而看月,更不是为觅新愁而访秋月;蓄意沉浸于悲哀的生活,是丹德所不许的。我盖见月而感秋色,因秋窗而拈新愁:人是一簇脆弱而富于反射性的神经!

我重复回到现实的景色,轻裹在云锦之中的秋月,像一个遍体蒙纱的女郎,他那团圆清

朗的外貌像新娘,但同时他幂弦的颜色,那是藕灰,他跰踳的行踵,掩泣的痕迹,又使人疑是送丧的丽姝。所以我曾说:

"秋月呀!
我不盼望你团圆。"

这是秋月的特色,不论他是悬在落日残照边的新镰,与"黄昏晓"竞艳的眉钩,中宵斗没西陲的金碗,星云参差间的银床,以至一轮腴满的中秋,不论盈昃高下,总在原来澄爽明秋之中,遍洒着一种我只能称之为"悲哀的轻霭"和"传愁的以太",即使你原来无愁,见此也禁不得沾染那"灰色的音调",渐渐兴感起来!

秋月呀!
谁禁得起银指尖儿
浪漫地搔爬呵!
不信但看那一海的轻涛,可不是禁不住他玉指的抚摩
　　在那里低徊饮泣呢!就是那
无聊的熏烟,
秋月的美满,
熏暖了飘心冷眼,
也清冷地穿上了轻缟的衣裳,
来参与这
美满的婚姻和丧礼。

志　摩
十月六日

海滩上种花

朋友是一种奢华。且不说酒肉势利,那是说不上朋友,真朋友是相知,但相知谈何容易?你要打开人家的心,你先得打开你自己的;你要在你的心里容纳人家的心,你先得把你的心推放到人家的心里去。这真心或真性情的相互的流转,是朋友的秘密,是朋友的快乐。但这是说你内心的力量够得到,性灵的活动有富余,可以随时开放,随时往外流,像山里的泉水,流向容得住你的同情的沟槽;有时你得冒险,你得花本钱,你得抵拼在巉岈的乱石间,触刺的草缝里耐心的寻路,那时候艰难,苦痛,消耗,实在是可能的,在你这水一般灵动,水一般柔顺的寻求同情的心能找到平安欣快以前。

我所以说朋友是奢华,"相知"是宝贝,但得拿真性情的血本去换,去拼。因此我不敢轻易说话,因为我自己知道我的来源有限,十分的谨慎尚且时有破产的恐惧;我不能随便"化"。前天有几位小朋友来邀我跟他们讲话,他们的恳切折服了我,使我不得不从命。但是小朋友们,说也惭愧,我拿什么来给你们呢?

我最先想来对你们说些孩子话,因为你们都还是孩子。但是那孩子的我到那里去了?仿佛昨天我还是个孩子,今天不知怎的就变了样。什么是孩子要不为一点活泼的天真,但天真就比是泥土里的嫩芽,天冷泥土硬就压住了它的生机——这年头问谁去要和暖的春风?

孩子是没了。你记得的只是一个不清切的影子,模糊得很,我这时候想起就像是一个瞎子追念他自己的容貌,一样的记不周全;他即使想急了拿一双手到脸上去印下一个模子来,那模子也是个死的。真的没了。一天在公园里见一个小朋友不提多么活动,一忽儿上山,一忽儿爬树,一忽儿溜冰,一忽儿干草里打滚,要不然就跳着憨笑;我看着羡慕,也想学样,跟他一起玩,但是不能,我是一个大人,身上穿着长袍,心里存着体面,怕招人笑,天生的灵活换来矜持的存心——孩子,孩子是没有的了,有的只是一个年岁与教育蛀空了的躯壳,死僵僵的,不自然的。

我又想找回我们天性里的野人来对你们说话,因为野人也是接近自然的。我前几年过印度时得到极刻心的感想,那里的街道房屋以及土人的体肤容貌,生活的习惯,虽则简,虽则陋,虽则不夸张,却处处与大自然——上面碧蓝的天,火热的阳光,地下焦黄的泥土,高矗的椰树——相调谐,情调、色彩、结构,看来有一种意义的一致,就比是一件完美的艺术的作品。也不知怎的,那天看了他们的街,街上的牛车,赶车的老头露着他的赤光的头颅与紫姜色的圆肚,他们的庙,庙里的圣像与神座前的花,我心里只是不自在,就仿佛这情景是一个熟悉的声音的叫唤,叫你去跟着他。你的灵魂也何尝不活跳跳的想答应一声:"好,我来了。"但是不能,又有碍路的挡着你,不许你回复这叫唤声启示给你的自由。困着你的是你的教育;我那时的难受就比是一条蛇摆脱不了困住他的一个硬性的外壳——野人也给压住了,永远出不来。

所以今天站在你们上面的我不再是融会自然的野人,也不是天机活灵的孩子:我只是一个"文明人",我能说的只是"文明话"。但什么是文明或是坠落?文明人的心里只是种种虚荣的念头,他到处忙不算,到处都得计较成败。我怎么能对着你们不感觉惭愧?不了解自然不仅是我的心,我的话也是的。并且我即使有话说也没法表现,即使有思想也不能使你们了解;内里那点子性灵就比是在一座石壁里牢牢的砌住,一丝光亮都不透,就凭这双眼望见你们,但有什么法子可以传达我的意思给你们,我已经忘却了原来的语言,还有什么话可说的?

但我的小朋友们还是逼着我来说谎(没有话说而勉强说话便是谎)。知识,我不能给;要知识你们得请教教育家去,我这里是没有的。智慧,更没有了:智慧是地狱里的花果,能进地狱更能出地狱的才采得着智慧,不去地狱的便没有智慧——我是没有的。

我正发窘的时候,来了一个救星——就是我手里这一小幅画,等我来讲道理给你们听。这张画是我的拜年片,一个朋友替我制的。你们看这个小孩子在海边沙滩上独自的玩,赤

脚穿着草鞋，右手提着一枝花，使劲把它往沙里栽，左手提着一把浇花的水壶，壶里水点一滴滴的往下吊着。离着小孩不远看得见海里翻动着的波澜。

你们看出了这画的意思没有？

在海沙里种花，在海沙里种花！那小孩这一番种花的热心怕是白费的了。沙碛是养不活鲜花的，这几点淡水是不能帮忙的；也许等不到小孩转身，这一朵小花已经支不住阳光的逼迫，就得交卸他有限的生命，枯萎了去。况且那海水的浪头也快打过来了，海浪冲来时不说这朵小小的花，就是大根的树也怕站不住——所以这花落在海边上是绝望的了，小孩这番力量准是白化的了。

你们一定很能明白这个意思。我的朋友是很聪明的，他拿这画意来比我们一群呆子，乐意在白天里做梦的呆子，满心想在海沙里种花的傻子。画里的小孩子拿着有限的几滴淡水想维持花的生命，我们一群梦人也想在现在比沙漠还要干枯比沙滩更没有生命的社会里，凭着最有限的力量，想下几颗文艺与思想的种子，这不是一样的绝望，一样的傻？想在海沙里种花，想在海沙里种花，多可笑呀！但我的聪明的朋友说，这幅小小画里的意思还不止此，讽刺不是她的目的。她要我们更深一层看。在我们看来海沙里种花是傻气，但在那小孩自己却不觉得。他的思想是单纯的，他的信仰也是单纯的。他知道的是什么？他知道花是可爱的，可爱的东西应得帮助他发长。他平常看见花草都是从地土里长出来的，他看来海沙也只是地，为什么海沙里不能长花他没有想到，也不必想到。他就知道拿花来栽，拿水去浇；只要那花在地上站直了他就欢喜，他就乐，他就会跳他的跳，唱他的唱，来赞美这美丽的生命，以后怎么样，海沙的性质，花的运命，他全管不着！我们知道小孩们怎样的崇拜自然，他的身体虽则小，他的灵魂却是大着；他的衣服也许脏，他的心可是洁净的。这里还有一幅画，这是自然的崇拜。你们看这孩子在月光下跪着拜一朵低头的百合花，这时候他的心与月光一般的清洁,与花一般的美丽,与夜一般的安静。我们可以知道到海边上来种花那孩子的思想与这月下拜花的孩子的思想会得跪下的——单纯,清洁;我们可以想像那一个孩子把花栽好了也是一样来对着花膜拜祈祷——他能把花暂时栽了起来便是他的成功,此外以后怎么样不是他的事情了。

你们看这个象征不仅美,并且有力量;因为它告诉我们单纯的信心是创作的泉源——这单纯的烂漫的天真是最永久最有力量的东西,阳光烧不焦他,狂风吹不倒他,海水冲不了他,黑暗掩不了他——地面上的花朵有被摧残有消灭的时候,但小孩爱花种花这一点:"真"却有的是永久的生命。

我们来放远一点看。我们现有的文化只是人类在历史上努力与牺牲的成绩。为什么人们肯努力肯牺牲?因为他们有天生的信心,他们的灵魂认识什么是真什么是善什么是美。虽则他们的肉体与智识有时候会诱惑他们反着方向走路,但只要他们认明一件事情是有永久价值的时候,他们就自然的会得兴奋,不期然的自己牺牲,要在这忽忽变动的声色的世界里,赎出几个永久不变的原则的凭证来。耶稣为什么不怕上十字架?密尔顿何以瞎了眼还要做诗?贝德花芬何以聋了还要制音乐?密亿郎其罗为什么肯积受几个月的潮湿不顾自己的皮肉与靴子连成一片的用心思?为的只是要解决一个小小的美术问题?为什么永远有人到冰洋尽头雪山顶上去探险?为什么科学家肯在显微镜底下或是数目字中间研究一般人眼看不到心想不通的道理消磨他一生的光阴?

为的是这些人道的英雄都有他们不可摇动的信心;像我们在海沙里种花的孩子一样,他们的思想是单纯的——宗教家为善的原则牺牲,科学家为真的原则牺牲,艺术家为美的原则牺牲——这一切牺牲的结果便是我们现有的有限的文化。

你们想想在这地面上做事难道还不是一样的傻气——这地面还不与海沙一样不容你

生根；在这里的事业还不是与鲜花一样的娇嫩？——潮水过来可以冲掉，狂风吹来可以折坏，阳光晒来可以薰焦我们小孩子手里拿着往沙里栽的鲜花，同样的，我们文化的全体还不一样有随时可以冲掉折坏薰焦的可能吗？巴比伦的文明现在那里？彭拜城曾经在地下埋过千百年，克利脱的文明直到最近五六十年间才完全发见。并且，有时一件事实体的存在并不能证明他生命的继续。这区区地球的本体就有一千万个毁灭的可能。人们怕死不错，我们怕死人，但最可怕的不是死的死人，是活的死人，单有躯壳生命没有灵性生活是莫大的悲惨；文化也有这种情形，死的文化到也罢了，最可怜的是勉强喘着气的半死的文化。你们如其问我要例子，我就不迟疑的回答你说，朋友们，贵国的文化便是一个喘着气的活死人！时候已经很久的了，自从我们最后的几个祖宗为了不变的原则牺牲他们的呼吸与血液，为了不死的生命牺牲他们有限的存在，为了单纯的信心遭受当时人的讪笑与侮辱；时候已经很久的了，自从我们最后听见普遍的声音像潮水似的充满着地面；时候已经很久的了，自从我们最后看见强烈的光明像彗星似的扫掠过地面；时候已经很久的了，自从我们最后为某种主义流过火热的鲜血；时候已经很久的了，自从我们的骨髓里有胆量，我们的说话里有分量。这是一个极伤心的反省！我真不知道这时代犯了什么不可赦的大罪，上帝竟狠心的赏给我们这样恶毒的刑罚？你看看这年头到那里去找一个完全的男子或是一个完全的女子——你们去看去，这年头那一个男子不是阳痿，那一个女子不是鼓胀！要形容我们现在受罪的时期，我们得发明一个比丑更丑比脏更脏比下流更下流比苟且更苟且比懦怯更懦怯的一类生字去！朋友们，真的我心里常常害怕，害怕下回东风带来的不是我们盼望中的春天，不是鲜花青草蝴蝶飞鸟，我怕他带来一个比冬天更枯槁更凄惨更寂寞的死天——因为丑陋的脸子不配穿漂亮的衣服，我们这样丑陋的变态的人心与社会凭什么权利可以问青天要阳光，问地面要青草，问飞鸟要音乐，问花朵要颜色？你问我明天天会不会放亮？我回答说我不知道，竟许不？

归根是我们失去了我们灵性努力的重心，那就是一个单纯的信仰，一点烂漫的童真！不要说到海滩去种花——我们都是聪明人谁愿意做傻瓜去——就是在你自己院子里种花你都懒怕动手哪！最可怕的怀疑的鬼与厌世的黑影已经占住了我们的灵魂！

所以朋友们，你们都是青年，都是春雷声响不曾停止时破绽出来的鲜花，你们再不可堕落了——虽则陷阱的大口满张在你的跟前，你不要怕，你把你的烂漫的天真倒下去，填平了它再往前走——你们要保持那一点的信心，这里面连着来的就是精力与勇敢与灵感——你们要不怕做小傻瓜，尽量在这人道的海滩边种你的鲜花去——花也许会消灭，但这种花的精神是不烂的！

一九二六年六月

泰山日出

振铎来信要我在小说月报的泰戈尔号上说几句话。我也曾答应了，但这一时游济南游泰山游孔陵，太乐了，一时竟拉不拢心思来做整篇的文字，一直挨到现在期限快到，只得勉强坐下来，把我想得到的话不整齐的写出。

我们在泰山顶上看出太阳。在航过海的人，看太阳从地平线下爬上来，本不是奇事；而且我个人是曾饱饫过江海与印度洋无比的日彩的。但在高山顶上看日出，尤其在泰山顶上，我们无餍的好奇心，当然盼望一种特异的境界，与平原或海上不同的。果然，我们初起时，天还暗沉沉的，西方是一片的铁青，东方些微有些白意，宇宙只是——如用旧词形容——一体莽莽苍苍的。但这是我一面感觉劲烈的晓寒，一面睡眼不曾十分醒豁时约略的印象。等到留心回览时，我不由得大声的狂叫——因为眼前只是一个见所未见的境界。原来昨夜整夜暴风的工程，却砌成一座普遍的云海。除了日观峰与我们所在的玉皇顶以外，东西南北只是平铺着弥漫的云气，在朝旭未露前，宛似无量数厚毛长绒的绵羊，交颈接背的眠着，卷耳与弯角都依稀辨认得出。那时候在这茫茫的云海中，我独自站在雾霭溟濛的小岛上，发生了奇异的幻想——

我躯体无限的长大，脚下的山峦比例我的身量，只是一块拳石；这巨人披着散发，长发在风里像一面墨色的大旗，飒飒的在飘荡。这巨人竖立在大地的顶尖上，仰面向着东方，平拓着一双长臂，在盼望，在迎接，在催促，在默默的叫唤；在崇拜，在祈祷，在流泪——在流久慕未见而将见悲喜交互的热泪……

这泪不是空流的，这默祷不是不生显应的。

巨人的手，指向着东方——

东方有的，在展露的，是什么？

东方有的是瑰丽荣华的色彩，东方有的是伟大普照的光明——出现了，到了，在这里了……

玫瑰汁、葡萄浆、紫荆液、玛瑙精、霜枫叶——大量的染工，在层累的云底工作；无数蜿蜒的鱼龙，爬进了苍白色的云堆。

一方的异彩，揭去了满天的睡意，唤醒了四隅的明霞——光明的神驹，在热奋地驰骋……

云海也活了；眠热了兽形的涛渊，又回复了伟大的呼啸，昂头摇尾的向着我们朝露染青馒形的小岛冲洗，激起了四岸的水沫浪花，震荡着这生命的浮礁，似在报告光明与欢欣之临在……

再看东方——海句力士已经扫荡了他的阻碍，雀屏似的金霞，从无垠的肩上产生，展在大地的边沿。……起……用力，用力。纯焰的圆颅，一探再探的跃出了地平，翻登了云背，临照在天空……

歌唱呀，赞美呀，这是东方之复活，这是光明的胜利……

散发祷祝的巨人，他的身影横亘在无边的云海上，已经渐渐的消翳在普遍的欢欣里；现在他雄浑的颂美的歌声，也已在霞彩变幻中，普彻了四方八隅……

听呀，这普彻的欢声；看呀，这普照的光明！

这是我此时回忆泰山日出时的幻想，亦是我想望泰戈尔来华的颂词。

我所知道的康桥

（一）

我这一生的周折，大都寻得出感情的线索。不论别的，单说求学，我到英国是为要从罗素。罗素来中国时，我已经在美国。他那不确的死耗传到的时候，我真的出眼泪不够，还做悼诗来了。他没有死，我自然高兴。我摆脱了哥伦比亚大博士衔的引诱，买船票过大西洋，想跟这位二十世纪的福禄泰尔认真念一点书去。谁知一到英国才知道事情变样了：一为他在战时主张和平，二为他离婚，罗素叫康桥给除名了，他原来是Trinity College 的 Fellow，这来他的 Fellow ship 也给取消了。他回英国后就在伦敦住下，夫妻两人卖文章过日子。因此我也不曾遂我从学的始愿。我在伦敦政治经济学院里混了半年，正感着闷想换路走的时候，我认识了狄更生先生。狄更生（Galsworthy Lowes Dickinson）是一个有名的作者，他的《一个中国人通信》（Lettérs From John Chinaman）与《一个现代聚餐谈话》（A Modern Symposium）两本小册子早得了我的景仰。我第一次会着他是在伦敦国际联盟协会席上，那天林宗孟先生演说，他做主席；第二次是宗孟寓里吃茶，有他。以后我常到他家里去。他看出我的烦闷，劝我到康桥去，他自己是王家学院（kings College）的 Fellow。我就写信去问两个学院，回信都说学额早满了，随后还是狄更生先生替我去在他的学院里说好了，给我一个特别生的资格，随意选科听讲。从此黑方巾黑披袍的风光也被我占着了。初起我在离康桥六英里的乡下叫沙士顿地方租了几间小屋住下，同居的有我从前的夫人张幼仪女士与郭虞裳君。每天一早我坐街车（有时骑自行车）上学，到晚回家。这样的生活过了一个春，但我在康桥还只是个陌生人，谁都不认识，康桥的生活，可以说完全不曾尝着，我知道的只是一个图书馆，几个课室，和三两个吃便宜饭的茶食铺子。狄更生常在伦敦或是大陆上，所以也不常见他。那年的秋季我一个人回到康桥，整整有一学年，那时我才有机会接近真正的康桥生活，同时我也慢慢的"发现"了康桥。我不曾知道过更大的愉快。

（二）

"单独"是一个耐寻味的现象，我有时想它是任何发现的第一个条件。你要发现你的朋友的"真"，你得有与他单独的机会；你要发现你自己的真，你得给你自己一个单独的机会；你要发见一个地方（地方一样有灵性），你也得有单独玩的机会。我们这一辈子，认真说，能认识几个人？能认识几个地方？我们都是太匆忙，太没有单独的机会。说实话，我连我的本乡都没有什么了解。康桥我要算是有相当交情的，再次许只有新认识的翡冷翠了。啊，那些清晨，那些黄昏，我一个人发痴似的在康桥！绝对的单独。

但一个人要写他最心爱的对象，不论是人是地，是多么使他为难的一个工作？你怕，你怕描坏了它，你怕说过分了恼了它，你怕说太谨慎了辜负了它。我现在想写康桥，也正是这样的心理，我不曾写，我就知道这回是写不好的——况且又是临时逼出来的事情。但我却不能不写，上期预告已经出去了。我想勉强分两节写，一是我所知道的康桥的天然景色，一是我所知道的康桥的学生生活。我今晚只能极简的写些，等以后有兴会时再补。

（三）

康桥的灵性全在一条河上。康河，我敢说，是全世界最秀丽的一条水。河的名字是葛兰大(Granta)，也有叫康河(River Cam)的，许有上下流的区别，我不甚清楚。河身多的是曲折，上游是有名的拜伦潭（"Byrou's Pool"），当年拜伦常在那里玩的。有一个老村子叫格兰骞斯德，有一个果子园，你可以躺在累累的桃李树荫下吃茶，花果会掉入你的茶杯，小雀子会到你桌上来啄食，那真是别有一番天地。这是上游。下游是从骞斯德顿下去，河面展开，那是春夏间竞舟的场所。上下河分界处有一个坝筑，水流急得很，在星光下听水声，听近村晚钟声，听河畔倦牛刍草声，是我康桥经验中最神秘的一种：大自然的优美、宁静、调谐在这星光与波光的默契中不期然的淹入了你的性灵。

但康河的精华是在它的中权，著名的"Backs"，这两岸是几个最蜚声的学院的建筑。从上面下来是 Pembroke, St. Katarine's, King's, Clare, Trinity, St. John's。最令人留连的一节是克莱亚与王家学院的毗连处，克莱亚的秀丽紧邻着王家教堂（King's Chapel）的宏伟。别的地方尽有更美更庄严的建筑，例如巴黎赛因河的罗浮宫一带，威尼斯的利阿尔多大桥的两岸，翡冷翠维基乌大桥的周遭；但康桥的"Backs"自有它的特长，这不容易用一二个状词来概括，它那脱尽尘埃气的一种清澈秀逸的意境可说是超出了画图而化生了音乐的神味。再没有比这一群建筑更调谐更匀称的了！论画，可比的许只有柯罗（Corot）的田野；论音乐，可比的许只有萧班（Chopin）的夜曲。就这也不能给你依稀的印象，它给你的美感简直是神灵性的一种。

假如你站在王家学院桥边的那棵大榉树荫下眺望，右侧面，隔着一大方浅草坪，是我们的校友居(Fellows Building),那年代并不早,但它的妩媚也是不可掩的,它那苍白的石壁上春夏间满缀着艳色的蔷薇在和风中摇头;更移左是那教堂,森林似的尖阁不可溅的永远直指着天空;更左是克莱亚。啊!那不可信的玲珑的方庭,谁说这不是圣克莱亚(St. Clare)的化身,那一块石上不闪耀着她当年圣洁的精神?在克莱亚后背隐约可辨的是康桥最潇贵最骄纵的三清学院(Trinity),它那临河的图书楼上坐镇着拜伦神采惊人的雕像。

但这时你的注意早已叫克莱亚的三环洞桥魔术似的摄住。你见过西湖白堤上的西泠断桥不是(可怜它们早已叫代表近代丑恶精神的汽车公司给踩平了,现在它们跟着苍凉的雷峰永远辞别了人间)?你忘不了那桥上斑驳的苍苔,木栅的古色,与那桥拱下泄露的湖光与山色不是?克莱亚并没有那样体面的衬托,它也不比庐山栖贤寺旁的观音桥,上瞰五老的奇峰,下临深潭与飞瀑;它只是怯怜怜的一座三环洞的小桥,它那桥洞间也只掩映着细纹的波鳞与婆婆的树影,它那桥上栉比的小穿阑与阑节顶上双双的白石球,也只是村姑子头上不夸张的香草与野花一类的装饰;但你凝神的看着,更凝神的看着,你再反省你的心境,看还有一丝屑的俗念沾滞不?只要你审美的本能不曾泪灭时,这是你的机会实现纯粹美感的神奇!

但你还得选你赏鉴的时辰。英国的天时与气候是走极端的。冬天是荒谬的坏,逢着连绵的雾盲天你一定不迟疑的甘愿进地狱本身去试试;春天(英国是几乎没有夏天的)是更荒谬的可爱,尤其是它那四五月间最渐缓最艳丽的黄昏,那才真是寸寸黄金。在康河边上过一个黄昏是一服灵魂的补剂。啊!我那时蜜甜的单独,那时蜜甜的闲暇。一晚又一晚的,只见我出神似的倚在桥阑上向西天凝望——

看一回凝静的桥影,

数一数螺钿的波纹:

我倚暖了石阑的青苔,

青苔凉透了我的心坎……

还有几句更笨重的怎能仿佛那游丝似轻妙的情景:

难忘七月的黄昏,远树凝寂,

像墨泼的山形,衬出轻柔暝色,

密稠稠,七分鹅黄,三分橘绿,

那妙意只可去秋梦边缘捕捉……

(四)

这河身的两岸都是四季常青最葱翠的草坪。从校友居的楼上望去,对岸草场上,不论早晚,永远有十数匹黄牛与白马,胫蹄没在恣蔓的草丛中,从容地在咬嚼,星星的黄花在风中动荡,应和着它们尾鬃的扫拂。桥的两端有斜倚的垂柳与榉荫护住。水是澈底的清澄,深不足四尺,匀匀的长着长条的水草。这岸边的草坪又是我的爱宠。在清朝,在傍晚,我常去这天然的织锦上坐地,有时读书,有时看水;有时仰卧着看天空的行云,有时反仆着搂抱大地的温软。

但河上的风流还不止两岸的秀丽,你得买船去玩。船不止一种:有普通的双桨划船,有轻快的薄皮舟(Canoe),有最别致的长形撑篙船(Punt)。最末的一种是别处不常有的:约莫有二丈长,三尺宽,你站直在船梢上用长竿撑着走。这撑是一种技术。我手脚太蠢,始终不曾学会。你初起手尝试时,容易把船身横住在河中,东颠西撞的狼狈。英国人是不轻易开口笑人的,但是小心他们不出声的皱眉!也不知有多少次河中本来悠闲的秩序叫我这莽撞的外行给捣乱了。我真的始终不曾学会;每回我不服输跑去租船再试的时候,有一个白胡子的船家往往带讥讽的对我说:"先生,这撑船费劲,天热累人,还是拿个薄皮舟溜溜吧!"我那里肯听话,长篙子一点就把船撑了开去,结果还是把河身一段段的腰斩了去!

你站在桥上去看人家撑,那多不费劲,多美!尤其在礼拜天有几个专家的女郎,穿一身缟素衣服,裙裾在风前悠悠的飘着,戴一顶宽边的薄纱帽,帽影在水草间颤动,你看她们出桥洞时的姿态,捻起一根竟像没分量的长竿,只轻轻的,不经心的往波心里一点,身子微微的一蹲,这船身便波的转出了桥影,翠条鱼似的向前滑了去。她们那敏捷,那闲暇,那轻盈,真是值得歌咏的。

在初夏阳光渐暖时你去买一支小船,划去桥边荫下躺着念你的书或是做你的梦,槐花香在水面上飘浮,鱼群的唼喋声在你的耳边挑逗。或是在初秋的黄昏,近着新月的寒光,望上流僻静处远去。爱热闹的少年们携着他们的女友,在船沿上支着双双的东洋彩纸灯,带着话匣子,船心里用软垫铺着,也开向无人迹处去享他们的野福——谁不爱听那水底翻的音乐在静定的河上描写梦意与春光!

住惯城市的人不易知道季候的变迁。看见叶子掉知道是秋,看见叶子绿知道是春;天冷了装炉子,天热了拆炉子;脱下棉袍,换上夹袍,脱下夹袍,穿上单袍;不过如此罢了。天上星斗的消息,地下泥土里的消息,空中风吹的消息,都不关我们的事。忙着哪,这样那样事情多着,谁耐烦管星星的转移,花草的消长,风云的变幻?同时我们抱怨我们的生活,苦痛、烦闷、拘束、枯燥,谁肯承认做人是快乐?谁不多少间咒诅人生?

但不满意的生活大都是由于自取的。我是一个生命的信仰者,我信生活绝不是我们大多数人仅仅从自身经验推得的那样暗惨。我们的病根是在"忘本"。人是自然的产儿,就比枝头的花与鸟是自然的产儿;但我们不幸是文明人,入世深似一天,离自然远似一天。离开了泥土的花草,离开了水的鱼,能快活吗?能生存吗?从大自然,我们取得我们的生命;从大自然,我们应分取得我们继续的滋养。那一株婆娑的大木没有盘错的根柢深入在无尽藏的地里?我们是永远不能独立的。有幸福是永远不离母亲抚育的孩子,有健康是永远接近自然的人们。不必一定与鹿豕游,不必一定回"洞府"去;为医治我们当前生活的枯窘,只要"不完全遗忘自然"一张轻淡的药方我们的病象就有缓和的希望。在青草里打几个滚,到海水里洗几次浴,到高处去看几次朝霞与晚照——你肩背上的负担就会轻松了去的。

这是极肤浅的道理,当然。但我要没有过过康桥的日子,我就不会有这样的自信。我这一辈子就只那一春,说也可怜,算是不曾虚度。就只那一春,我的生活是自然的,是真愉快的!(虽则碰巧那也是我最感受人生痛苦的时期。)我那时有的是闲暇,有的是自由,有的是绝对单独的机会。说也奇怪,竟像是第一次,我辨认了星月的光明,草的青,花的香,流水的殷勤。我能忘记那初春的睥睨吗?曾经有多少个清晨我独自冒着冷去薄霜铺地的林子里闲步——为听鸟语,为盼朝阳,为寻泥土里渐次苏醒的花草,为体会最微细最神妙的春信。阿,那是新来的画眉在那边涧不尽的青枝上试它的新声!阿,这是第一朵小雪球花挣出了半冻的地面!啊,这不是新来的潮润沾上了寂寞的柳条?

静极了,这朝来水溶溶的大道,只远处牛奶车的铃声,点缀这周遭的沉默。顺着这大道走去,走到尽头,再转入林子里的小径,往烟雾浓密处走去,头顶是交枝的榆荫,透露着漠楞楞的曙色;再往前走去,走尽这林子,当前是平坦的原野,望见了村舍,初青的麦田,更远三两个馒形的小山掩住了一条通道。天边是雾茫茫的,尖尖的黑影是近村的教寺。听,那晓钟和缓的清音。这一带是此邦中部的平原,地形像是海里的轻波,默沉沉的起伏;山岭是望不见的,有的是常青的草原与沃腴的田壤。登那土阜上望去,康桥只是一带茂林,拥戴着几处娉婷的尖阁。妩媚的康河也望不见踪迹,你只能循着那锦带似的林木想象那一流清浅。村舍与树林是这地盘上的棋子,有村舍处有佳荫,有佳荫处有村舍。这早起是看炊烟的时

辰;朝雾渐渐的升起,揭开了这灰苍苍的天幕,(最好是微霰后的光景)远近的炊烟,成丝的,成缕的,成卷的,轻快的,迟重的,浓灰的,淡青的,惨白的,在静定的朝气里渐渐的上腾,渐渐的不见,仿佛是朝来人们的祈祷,参差的翳入了天厅。朝阳是难得见的,这初春的天气。但它来时是起早人莫大的愉快。顷刻间这田野添深了颜色,一层轻纱似的金粉糁上了这草,这树,这通道,这庄舍。顷刻间这周遭弥漫了清晨富丽的温柔。顷刻间你的心怀也分润了白天诞生的光荣。"春!"这胜利的晴空仿佛在你的耳边私语。"春!"你那快活的灵魂也仿佛在那里回响。

伺候着河上的风光,这春来一天有一天的消息。关心石上的苔痕,关心败草里的花鲜,关心这水流的缓急,关心水草的滋长,关心天上的云霞,关心新来的鸟语。怯怜怜的小雪球是探春信的小使。铃兰与香草是欢喜的初声。窈窕的莲馨,玲珑的石水仙,爱热闹的克罗克斯,耐辛苦的蒲公英与雏菊——这时候春光已是缦烂在人间,更不须殷勤问讯。

瑰丽的春放。这是你野游的时期。可爱的路政,这里不比中国,那一处不是坦荡荡的大道?徒步是一个愉快,但骑自转车是一个更大的愉快。在康桥骑车是普遍的技术;妇人,稚子,老翁,一致享受这双轮舞的快乐。(在康桥听说自转车是不怕人偷的,就为人人都自己有车,没人要偷。)任你选一个方向,任你上一条通道,顺着这带草味的和风,放轮远去,保管你这半天的逍遥是你性灵的补剂。这道上有的是清荫与美草,随地都可以供你休憩。你如爱花,这里多的是锦绣似的草原;你如爱鸟,这里多的是巧啭的鸣禽;你如爱儿童,这乡间到处是可亲的稚子;你如爱人情,这里多的是不嫌远客的乡人,你到处可以"挂单"借宿,有酪浆与嫩薯供你饱餐,有夺目的果鲜恣你尝新;你如爱酒,这乡间每"望"都为你储有上好的新酿,黑啤来得太浓,苹果酒姜酒都是供你解渴润肺的。……带一卷书,走十里路,选一块清静地,看天,听鸟,读书,倦了时,和身在草绵绵处寻梦去——你能想像更适情更适性的消遣吗?

陆放翁有一联诗句:"传呼快马迎新月,却上轻舆趁晚凉,"这是做地方官的风流。我在康桥时虽没马骑,没轿子坐,却也有我的风流:我常常在夕阳西晒时骑了车迎着天边扁大的日头直追。日头是追不到的,我没有夸父的荒诞,但晚景的温存却被我这样偷尝了不少。有三两幅画图似的经验至今还是栩栩的留着。只说看夕阳,我们平常只知道登山或是临海,但实际只须辽阔的天际,平地上的晚霞有时也是一样的神奇。有一次我赶到一个地方,手把着一家村庄的篱笆,隔着一大田的麦浪,看西天的变幻。有一次是正冲着一条宽广的大道,过来一大群羊,放草归来的,偌大的太阳在它们后背放射着万缕的金辉,天上却是乌青青的,只剩这不可逼视的威光中的一条大路,一群生物!我心头顿时感着神异性的压迫,我真地跪下了,对着这冉冉渐翳的金光。再有一次是更不可忘的奇景,那是临着一大片望不到头的草原,满开着艳红的罂粟,在青草里亭亭的像是万盏的金灯,阳光从褐色云里斜着过来,幻成一种异样的紫色,透明似的不可逼视,刹那间在我迷眩了的视觉中,这草田变成了……不说也罢,说来你们也是不信的!

一别二年多了,康桥,谁知我这思乡的隐忧?也不想别的,我只要那晚钟撼动的黄昏,没遮拦的田野,独自斜倚在软草里,看第一个大星在天边出现!

自　剖

　　我是个好动的人；每回我身体行动的时候，我的思想也仿佛就跟着跳荡。我作的诗，不论它们是怎样的"无聊"，有不少是在行旅期中想起的。我爱动，爱看动的事物，爱活泼的人，爱水，爱空中的飞鸟，爱车窗外掣过的田野山水。星光的闪动，草叶上露珠的颤动，花须在微风中的摇动，雷雨时云空的变动，大海中波涛的汹涌，都是在在触动我感兴的情景。是动，不论是什么性质，就是我的兴趣，我的灵感。是动就会催快我的呼吸，加添我的生命。

　　近来却大大的变样了。第一我自身的肢体，已不如原先灵活；我的心也同样的感受了不知是年岁还是什么的拘挛。动的现象再不能给我欢喜，给我启示。先前我看着在阳光中闪烁的金波，就仿佛看见了神仙宫阙——什么荒诞美丽的幻觉，不在我的脑中一闪闪的掠过。现在不同了，阳光只是阳光，流波只是流波，任凭景色怎样的灿烂，再也照不化我的呆木的心灵。我的思想，如其偶尔有，也只似岩石上的藤萝，贴着枯干的粗糙的石面，极困难的蜒着；颜色是苍黑的，姿态是倔强的。

　　我自己也不懂得何以这变迁来得这样的兀突，这样的深彻。原先我在人前自觉竟是一注的流泉，在在有飞沫，在在有闪光；现在这泉眼，如其还在，仿佛是叫一块石板不留余隙的给镇住了。我再没有先前那样蓬勃的情趣，每回我想说话的时候，就觉着那石块的重压，怎么也掀不动，怎么也推不开，结果只能自安沉默！"你再不用想什么了，你再没有什么可想的了"；"你再不用开口了，你再没有什么话可说的了"，我常觉得我沉闷的心府里有这样半嘲讽半吊唁的谆嘱。

　　说来我思想上或经验上也并不曾经受什么过分剧烈的戟刺。我处境是向来顺的，现在，如其有不同，只是更顺了的。那么为什么这变迁？远的不说，就比如我年前到欧洲去时的心境：啊！我那时还不是一只初长毛角的野鹿？什么颜色不激动我的视觉，什么香味不奋兴我的嗅觉？我记得我在意大利写游记的时候，情绪是何等的活泼，兴趣何等的醇厚，一路来眼见耳听心感的种种，那一样不活栩栩的从集在我的笔端，争求充分的表现！如今呢？我这次到南方去，来回也有一个多月的光景，这期内眼见耳听心感的事物也该有不少。我未动身前，又何尝不自喜此去又可以有机会饱餐西湖的风色，邓尉的梅香——单提一两件最合我脾胃的事。有好多朋友也曾期望我在这闲暇的假期中采集一点江南风趣，归来时，至少也该带回一两篇爽口的诗文，给在北京泥土的空气中活命的朋友们一些清醒的消遣。但在事实上不但在南中时我白瞪着大眼，看天亮换天昏，又闭上了眼，拼天昏换天亮，一枝秃笔跟着我涉海去，又跟着我涉海回来，正如岩洞里的一根石笋，压根儿就没一点摇动的消息。就在我回京后这十来天，任凭朋友们怎样的催促，自己良心怎样的责备，我的笔尖上还是滴不出一点墨沈来。我也曾勉强想想，勉强想写，但到底还是白费！可怕是这心灵骤然的呆顿。完全死了不成？我自己在疑惑。

说来是时局也许有关系。我到京几天就逢着空前的血案。五卅事件发生时我正在意大利山中，采茉莉花编花篮儿玩，翡冷翠山中只见明星与流萤的交唤，花香与山色的温存，俗氛是吹不到的。直到七月间到了伦敦，我才理会国内风光的惨淡，等得我赶回来时，设想中的激昂，又早变成了明日黄花，看得见的痕迹只有满城黄墙上墨彩斑斓的"泣告"！

这回却不同。屠杀的事实不仅是在我住的城子里发见，我有时竟觉得是我自己的灵府里的一个惨象。杀死的不仅是青年们的生命，我自己的思想也仿佛遭着了致命的打击，好比是国务院前的断胫残肢，再也不能回复生动与连贯。但这深刻的难受在我是无名的，是不能完全解释的。这回事变的奇惨性引起愤慨与悲切是一件事，但同时我们也知道在这根本起变态作用的社会里，什么怪诞的情形都是可能的。屠杀无辜，远不是年来最平常的现象。自从内战纠结以来，在受战祸的区域内，那一处村落不曾分到过遭奸污的女性，屠残的骨肉，供牺牲的生命财产？这无非是给冤氛围结的地面上多添一团更集中更鲜艳的怨毒。

再说那一个民族的解放史能不浓浓的染着 Martyrs 的腔血？俄国革命的开幕就是二十年前冬宫的血景。只要我们有识力认定，有胆量实行，我们理想中的革命，这回羔羊的血就不会是白涂的。所以我个人的沉闷决不完全是这回惨案引起的感情作用。

爱和平是我的生性。在怨毒、猜忌、残杀的空气中，我的神经每每感受一种不可名状的压迫。记得前年奉直战争时，我过的那日子简直是一团黑漆。每晚更深时，独自抱着脑壳伏在书桌上受罪，仿佛整个时代的沉闷盖在我的头顶——直到写下了《毒药》那几首不成形的咒诅诗以后，我心头的紧张才渐渐的缓和下去。这回又有同样的情形；只觉着烦，只觉着闷，感想来时只是破碎，笔头只是笨滞。结果身体也不舒畅，像是蜡油涂抹住了全身毛窍似的难过。一天过去了又是一天，我这里又在重演更深独坐箍紧脑壳的姿势，窗外皎洁的月光，分明是在嘲讽我内心的枯窘！

不，我还得往更深处按。我不能叫这时局来替我思想骤然的呆顿负责，我得往我自己生活的底里找去。

平常有几种原因可以影响我们的心灵活动。实际生活的牵掣可以劫去我们心灵所需要的闲暇，积成一种压迫。在某种热烈的想望不曾得满足时，我们感觉精神上的烦闷与焦躁，失望更是颠覆内心平衡的一个大原因；较剧烈的种类可以麻痹我们的灵智，淹没我们的理性。但这些都合不上我的病源；因为我在实际生活里已经得到十分的幸运，我的潜在意识里，我敢说不该有什么压着的欲望在作怪。

但是在实际上反过来看，另有一种情形可以阻塞或是减少你心灵的活动。我们知道舒服、健康、幸福，是人生的目标。我们因此推想我们痛苦的起点是在望见那些目标而得不到的时候。我们常听人说"假如我像某人那样生活无忧我一定可以好好的做事，不比现在整天的精神全化在琐碎的烦恼上"。我们又听说"我不能做事就为身体太坏，若是精神来得，那就……"我们又常常设想幸福的境界，我们想"只要有一个意中人在跟前那我一定奋发，什么事做不到"？但是不，在事实上，舒服、健康、幸福，不但不一定是帮助或奖励心灵生活的条件，它们有时正得相反的效果。我们看不起有钱人，在社会上得意的人，肌肉过分发展的运动家，也正在此。至于年少人幻想中的美满幸福，我敢说等得当真有了红袖添香，你的书也就读不出所以然来，且不说什么在学问上或艺术上更认真的工作。

那末生活的满足是我的病源吗？

"在先前的日子，"一个真知我的朋友，就说，"正为是你生活不得平衡，正为你有欲望不得满足，你的压在内里的 Libido 就形成一种升华的现象，结果你就借文学来发泄你生理上的郁结（你不常说你从事文学是一件不预期的事吗）；这情形又容易在你的意识里形成一种虚幻的希望，因为你的写作得到一部分赞许，你就自以为确有相当创作的天赋以及独立思想的能力。但你只是自冤自，实在你并没有什么超人一等的天赋，你的设想多半是虚荣，你的以前的成绩只是升华的结果。所以现在等得你生活换了样，感情上有了安顿，你就发

见你向来写作的来源顿呈萎缩甚至枯竭的现象;而你又不愿意承认这情形的实在,妄想到你身子以外去找你思想枯窘的原因,所以你就不由的感到深刻的烦闷。你只是对你自己生气,不甘心承认你自己的本相。不,你原来并没有三头六臂的!

"你对文艺并没有真兴趣,对学问并没有真热心。你本来没有什么更高的志愿,除了相当合理的生活,你只配安分做一个平常人,享你命里铸定的'幸福';在事业界,在文艺创作界,在学问界内,全没有你的位置,你真的没有那能耐。不信你只要自问在你心里的心里有没有那无形的'推力',整天整夜的恼着你,逼着你,督着你,放开实际生活的全部,单望着不可捉摸的创作境界里去冒险? 是的,顶明显的关键就是那无形的推力或是冲动(The Impulse),没有它人类就没有科学,没有文学,没有艺术,没有一切超越功利实用性质的创作。你知道在国外(国内当然也有,许没那样多)有多少人被这无形的推力驱使着,在实际生活上变成一种离魂病性质的变态动物,不但人间所有的虚荣永远沾不上他们的思想,就连维持生命的睡眠饮食,在他们都失了重要,他们全部的心力只是在他们那无形的推力所指示的特殊方向上集中应用。怪不得有人说天才是疯癫;我们在巴黎、伦敦不就到处碰得着这类怪人? 如其他是一个美术家,恼着他的就只怎样可以完全表现他那理想中的形体;一个线条的准确,某种色彩的调谐,在他会得比他生身父母的生死与国家的存亡更重要,更迫切,更要求注意。我们知道专门学者有终身掘坟墓的,研究蚊虫生理的,观察亿万万里外一个星的动定的。并且他们决不问社会对于他们的劳力有否任何的认识,那就是虚荣的进路;他们是被一点无形的推力的魔鬼蛊定了的。

"这是关于文艺创作的话。你自问有没有这种情形。你也许经验过什么'灵感',那也许有,但你却不要把刹那误认作永久的,虚幻认作真实。至于说思想与真实学问的话,那也得背后有一种推力,方向许不同,性质还是不变。做学问你得有原动的好奇心,得有天然热情的态度去做求知识的工夫。真思想家的准备,除了特强的理智,还得有一种原动的信仰;信仰或寻求信仰,是一切思想的出发点;极端的怀疑派思想也只是期望重新位置信仰的一种努力。从古来没有一个思想家不是宗教性的。在他们,各按各的倾向,一切人生的和理智的问题是实在有的;神的有无,善与恶,本体问题,认识问题,意志自由问题,在他们看来都是含逼迫性的现象,要求合理的解答——比山岭的崇高,水的流动,爱的甜蜜更真,更实在,更耸动。他们的一点心灵,就永远在他们设想的一种或多种问题的周围飞舞,旋绕,正如灯蛾之于火焰;牺牲自身来贯彻火焰中心的秘密,是他们共有的决心。

"这种惨烈的情形,你怕也没有吧?我不说你的心幕上就没有思想的影子;但它们怕只是虚影,像水面上的云影,云过影子就跟着消散,不是石上的溜痕越日久越深刻。

"这样说下来,你倒可以安心了!因为个人最大的悲剧是设想一个虚无的境界来谎骗你自己;骗不到底的时候你就得忍受'幻灭'的莫大的苦痛。与其那样,还不如及早认清自己的深浅,不要把不必要的负担,放上支撑不住的肩背,压坏你自己,还难免旁人的笑话!朋友,不要迷了,定下心来享你现成的福份吧;思想不是你的份,文艺创作不是你的份,独立的事业更不是你的份!天生抗了重担来的那也没法想(那一个天才不是活受罪!),你是原来轻松的,这是多可羡慕,多可贺喜的一个发见!算了吧,朋友!"

一九二六年三月二十五日至四月一日作

想　飞

假如这时候窗子外有雪——街上,城墙上,屋脊上,都是雪,胡同口一家屋檐下偎着一个戴黑兜帽的巡警,半拢着睡眼,看棉团似的雪花在半空中跳着玩……假如这夜是一个深极了的啊,不是壁上挂钟的时针指示给我们看的深夜,这深就比是一个山洞的深,一个往下钻螺旋形的山洞的深……

假如我能有这样一个深夜,它那无底的阴森捻起我遍体的毫管;再能有窗子外不住往下筛的雪,筛淡了远近间飑动的市谣,筛泯了在泥道上挣扎的车轮。筛灭了脑壳中不妥协的潜流……

我要那深,我要那静。那在树荫浓密处躲着的夜鹰轻易不敢在天光还在照亮时出来睁眼。思想,它也得等。

青天里有一点子黑的。正冲着太阳耀眼,望不真,你把手遮着眼,对着那两株树缝里瞧,黑的,有榧子来大,不,有桃子来大——嘿,又移着往西了!

我们吃了中饭出来到海边去。(这是英国康槐尔极南的一角,三面是大西洋。)驯鹿丽丽地叫响从我们的脚底下匀匀的往上颤,齐着腰,到了肩高,过了头顶,高入了云,高出了云。啊,你能不能把一种急震的乐音想象成一阵光明的细雨,从蓝天里冲着这平铺着青绿的地面不住的下?不,那雨点都是跳舞的小脚,安琪儿的。云雀们也吃过了饭,离开了它们卑微的地巢飞往高处做工去。上帝给它们的工作,替上帝做的工作。瞧着,这儿一只,那边又起了两只!一起就冲着天顶飞,小翅膀动活的多快活,圆圆的,不踌躇的飞,——它们就认识青天。一起就开口唱,小嗓子动活的多快活,一颗颗小精圆珠子直往外唾,亮亮的唾,脆脆的唾——它们赞美的是青天。瞧着,这飞得多高,有豆子大,有芝麻大,黑刺刺的一屑,直顶着无底的天顶细细的摇——这全看不见了,影子都没了!但这光明的细雨还是不住的下着……

飞。"其翼若垂天之云……背负苍天,而莫之夭阏者",那不容易见着。我们镇上东关厢外有一座黄泥山,山顶上有一座七层的塔,塔尖顶著天。塔院里常常打钟,钟声响动时,那在太阳西晒的时候多,一枝艳艳的大红花贴在西山的鬓边回照著塔山上的云彩——钟声响动时,绕著塔顶尖,摩着塔顶天,穿著塔顶云,有一只两只有时三只四只有时五只六只蜷着爪往地面瞧的"饿老鹰",撑开了它们灰苍苍的大翅膀没挂恋似的在盘旋,在半空中浮着,在晚风中泅着,仿佛是按着塔院钟的波荡来练习圆舞似的。那是我做孩子时的"大鹏"。有时好天抬头不见一瓣云的时候听着貔忧忧的叫响,我们就知道那是宝塔上的饿老鹰寻食吃来了,这一想象半天里秃顶圆睛的英雄,我们背上的小翅膀骨上就仿佛豁出了一铿铿铁刷似的羽毛,摇起来呼呼响的,只一摆就冲出了书房门,钻入了玳瑁镶边的白云里玩儿去,谁耐烦站在先生书桌前晃着身子背早上的多难背的书!啊,飞! 不是那在树枝上矮矮的跳着的麻雀儿的飞;不是那凑天黑从堂屋后背冲出来赶蚊子吃的蝙蝠的飞;也不是那软尾巴软嗓子做窠在堂檐上的燕子的飞。要飞就得满天飞;风拦不住云挡不住的飞;一翅膀就跳过一座山头,影子下来遮得荫二十亩稻田的飞,到天晚飞倦了就来绕着那塔顶尖顺着风向打圆圈做梦⋯⋯听说饿老鹰会抓小鸡!

飞。人们原来都是会飞的。天使们有翅膀,会飞;我们初来时也有翅膀,会飞。我们最初来就是飞了来的,有的做完了事还是飞了去,他们是可羡慕的。但大多数人是忘了飞的,有的翅膀上掉了毛不长再也飞不起来,有的翅膀叫胶水给胶住了再也拉不开,有的羽毛叫人给修短了像鸽子似的只会在地上跳,有的拿背上一对翅膀上当铺去典钱使过了期再也赎不回⋯⋯真的,我们一过了做孩子的日子就掉了飞的本领。但没了翅膀或是翅膀坏了不能用是一件可怕的事。因为你再也飞不回去,你蹲在地上呆望着飞不上去的天,看旁人有福气的一程一程的在青云里逍遥,那多可怜。而且翅膀又不比是你脚上的鞋,穿烂了可以再问妈要一双去,翅膀可不成,折了一根毛就是一根,没法给补的。还有,单顾着你翅膀也还不定规到时候能飞,你这身子要是不谨慎养太肥了,翅膀力量小再也拖不起,也是一样难不是?一对小翅膀驮不起一个胖肚子,那情形多可笑! 到时候你听人家高声的招呼说,朋友,回去罢,趁这天还有紫色的光,你听他们的翅膀在半空中沙沙的摇响,朵朵的春云跳过来拥着他们的肩背,望着最光明的来处翩翩的,冉冉的,轻烟似的化出了你的视域,像云雀似的只留下一泻光明的骤雨——"Thou art unseen, but yet I hear the shrill delieht"——那你,独自在泥涂里淹着,够多难受,够多懊恼,够多寒伧! 趁早留神你的翅膀,朋友。

是人没有不想飞的。老是在这地面上爬着够多厌烦,不说别的。飞出这圈子,飞出这圈子!到云端里去,到云端里去!那个心里不成天千百遍的这么想?飞上天空去浮着,看地球这弹丸在大空里滚着,从陆地看到海,从海再看回陆地。凌空去看一个明白——这才是做人的趣味,做人的权威,做人的交代。这皮囊要是太重挪不动,就掷了它,可能的话,飞出这圈子,飞出这圈子!

人类初发明用石器的时候,已经想长翅膀。想飞。原人洞壁上画的四不象,它的背上掮着翅膀;拿着弓箭赶野兽的,他那肩背上也给安了翅膀。小爱神是有一对粉嫩的肉翅的。

挨开拉斯(Icarus)是人类飞行史里第一个英雄,第一次牺牲。安琪儿(那是理想化的人)第一个标记是帮助他们飞行的翅膀。那也有沿革——你看西洋画上的表现。最初像是一对小精致的令旗,蝴蝶似的粘在安琪儿们的背上,像真的,不灵动。渐渐的翅膀长大了,地位安准了,毛羽丰满了。画图上的天使们长上了真的可能的翅膀。人类初次实现了翅膀的观念,彻悟了飞行的意义。挨开拉斯闪不死的灵魂,回来投生又投生。人类最大的使命,是制造翅膀;最大的成功是飞!理想的极度,想象的止境,从人到神;诗是翅膀上出世的;哲理是在空中盘旋的。飞:超脱一切,笼盖一切,扫荡一切,吞吐一切。

你上那边山峰顶上试去,要是度不到这边山峰上,你就得到这万丈的深渊里去找你的葬身地!"这人形的鸟会有一天试他第一次的飞行,给这世界惊骇,使所有的著作赞美,给他所从来的栖息处永久的光荣。"啊达文骞!

但是飞?自从挨开拉斯以来,人类的工作是制造翅膀,还是束缚翅膀?这翅膀,承上了文明的重量,还能飞吗?都是飞了来的,还都能飞了回去吗?钳住了,烙住了,压住了——这人形的鸟会有试他第一次飞行的一天吗?……

同时天上那一点子黑的已经迫近在我的头顶,形成了一架鸟形的机器,忽的机沿一侧,一球光直往下注,硼的一声炸响——炸碎了我在飞行中的幻想,青天里平添了几堆破碎的浮云。

十四—十六日

南行杂纪

一 丑西湖

"欲把西湖比西子,浓妆淡抹总相宜",我们太把西湖看理想化了。夏天要算是西湖浓妆的时候,堤上的杨柳绿成一片浓青。里湖一带的荷叶荷花也正当满艳,朝上的烟雾,向晚的晴霞,那样不是现成的诗料,但这西姑娘你爱不爱?我是不成,这回一见面我回头就逃!什么西湖这简直是一锅腥臊的热汤!西湖的水本来就浅,又不流通,近来满湖又全养了大鱼,有四五十斤的,把湖里袅婷婷的水草全给咬烂了。水混不用说,还有那鱼腥味儿顶叫人难受。说起西湖养鱼,我听得有种种的说法,也不知那样是内情:有说养鱼甘脆是官家贸利,放着偌大一个鱼沼,养肥了鱼打了去卖不是顶现成的;有说养鱼是为预防水草长得太放肆了怕塞满了湖心;也有说这些大鱼都是大慈善家们为要延寿或是求子或是求财源茂盛特为从别地方买了来放生在湖里的,而且现在打鱼当官是不准的。不论怎么样,西湖确是变了鱼湖了。六月以来杭州据说一滴水都没有过,西湖当然水浅得像是个干血痨的美女,再加那腥味儿!今年南方的热,说来我们住惯北方的也不易信,白天热不说,通宵到天亮都不见放松,天天大太阳,夜夜满天星,节节高的一天暖似一天。杭州更比上海不堪,西湖那一洼浅水用不到几个钟头的晒就离滚沸不远什么,四面又是山,这热是来得去不得,一天不发大风打阵,这锅热汤,就永远不会凉。我那天到了晚上才雇了条船游湖,心想比岸上总可以凉快些。好,风不来还熬得,风一来可真难受极了,又热又带腥味儿,真叫你发眩作呕,我同船一个朋友当时就病了,我记得红海里两边的沙漠风都似乎较为可耐些!夜间十二点我们回家的时候都还是热呼呼的。还有湖里的蚊虫!简直是一群群的大水鸭子!你一坐定就活该。

这西湖是太难了,气味先就不堪。再说沿湖的去处,本来顶清淡宜人的一个地方是平湖秋月,那一方平台,几棵杨柳,几折回廊,在秋月清澈的凉夜去坐着看湖确是别有风味,更好在去的人绝少,你夜间去总可以独占,唤起看守的人来泡一碗清茶,冲一杯藕粉,和几个

朋友闲谈着消磨他半夜,真是清福。我三年前一次去有琴友有笛师,躺平在杨树底下看揉碎的月光,听水面上翻响的幽乐,那逸趣真不易。西湖的俗化真是一日千里,我每回去总添一度伤心:雷峰也羞跑了,断桥拆成了汽车桥,哈得在湖心里造房子,某家大少爷的汽油船在三尺的柔波里兴风作浪,工厂的烟替代了出岫的霞,大世界以及什么舞台的锣鼓充当了湖上的啼莺。西湖,西湖,还有什么可留恋的!这回连平湖秋月也给糟蹋了,你这不信?"船家,我们到平湖秋月去,那边总还清静。""平湖秋月?先生,清静是不清静的,格歇开了酒馆,酒馆着实闹忙哩,你看,望得见,穿白衣服的人多煞勒瞎,扇子搧得活血血的,还有唱唱的,十七八岁的姑娘,听听看——是无锡山歌哩,胡琴都蛮清爽的……"

那我们到楼外楼去吧。谁知楼外楼又是一个伤心!原来楼外楼那一楼一底的旧房子斜斜地对着湖心亭,几张揩抹得发白光的旧桌子,一两个上年纪的老堂倌,活络络的鱼虾,滑齐齐的莼菜,一壶远年,一碟盐水花生,我每回到西湖往往偷闲独自跑去领略这点子古色古香,靠在阑干上从堤边杨柳荫里望滟滟的湖光,晴有晴色,雨雪有雨雪的景致,要不然月上柳梢时意味更长,好在是不闹,晚上去也是独占的时候多,一边喝着热酒,一边与老堂倌随便讲讲湖上风光,鱼虾行市,也自有一种说不出的愉快。但这回连楼外楼都变了面目!地址不曾移动,但翻造了三层楼带屋顶的洋式门面,新漆亮光光地刺眼,在湖中就望见楼上电扇的疾转。客人闹盈盈地挤着,堂倌也换了,穿上西崽的长袍,原来那老朋友也看不见了,什么闲情逸趣都没了!我们没办法移一个桌子在楼下马路边吃了一点东西,果然连小菜都变了,真是可伤。泰谷尔来看了中国,发了很大的感慨。他说,世界上再没有第二个民族像你们这样蓄意地制造丑恶的精神。怪不得老头牢骚,他来时对中国是怎样的期望(也许是诗人的期望),他看到的又是怎样一个现实!狄更生先生有一篇绝妙的文章,是他游泰

山以后的感想。他对照西方人的俗与我们的雅,他们的唯利主义与我们的闲暇精神。他说只有中国人才真懂得爱护自然,他们在山水间的点缀是没有一点辜负自然的;实际上他们处处想法子增添自然的美,他们不容许煞风景的事业。他们在山上造路是依着山势回环曲折,铺上本山的石子,就这山道就饶有趣味,他们宁可牺牲一点便利,不愿斲丧自然的和谐。所以他们造的是妩媚的石径;欧美人来时不开马路就来穿山的电梯。他们在原来的石块上刻上美秀的诗文,漆成古色的青绿,在苔藓间掩映生趣;反之在欧美的山石上只见雪茄烟与各种生意的广告。他们在山林丛密处透出一角寺院的红墙,西方人起的是几层楼嘈杂的旅馆。听人说中国人处处得效法欧西,我不知道应得自觉虚心做学徒的究竟是谁!

这是十五年前狄更生先生来中国时感想的一节。我不知道他现在要是回来看看西湖的成绩,他又有什么妙文来颂扬我们的美德!

说来西湖真是个爱伦内。论山水的秀丽,西湖在世界上真有位置。那山光,那水色,别有一种醉人处,叫人不能不生爱。但不幸杭州的人种(我也算是杭州人),也不知怎的,特别的来得俗气来得陋相。不读书人无味,读书人更可厌,单听那一口杭白,甲隔甲隔的,就够人心烦!看来杭州人话会说(杭州人真会说话!),事也会做,近年来就"事业"方面看,杭州的建设的确不少,例如西湖堤上的六条桥就全给拉平了替汽车公司帮忙。但不幸经营山水的风景是另一种事业,决不是开铺子,做官一类的事业。平常布置一个小小的园林,我们尚且说总得主人胸中有些丘壑,如今整个的西湖放在一班大老的手里,他们脑子里平常想些什么我不敢猜度,但就成绩看,他们的确是只图每年"我们杭州"商界收入的总数增加多少的一种头脑!开铺子的老班们也许沾了光,但是可怜的西湖呢?分明天生俊俏的一个少女,生生地叫一群蠢汉去替她涂脂抹粉,就说没有别的难堪情形,也就够煞风景又煞风景!天啊,这苦恼的西子!

但是回过来说,这年头那还顾得了美不美!江南总算是天堂,到今天为止。别的地方人命只当得虫子,有路不敢走,有话不敢说,还来搭什么臭绅士的架子,挑什么够美不够美的鸟眼?

八月七日

二 劳资问题

我不曾出国的时候只听人说振兴实业是救国的唯一路子,振兴实业的意思是多开工厂。开工厂一来可以解决贫民生计问题,二来可以塞住"漏卮"。那时我见着高矗的烟囱,心里就发生油然的敬意,如同翻开一本善书似的。

罗斯金与马克思最初修正我对于烟囱的见解(那时已在美国),等到我离开纽约那一年我看了自由神的雕像都感着厌恶,因为它使我联想起烟囱。

我不喜欢烟囱另有一个理由。我那历史教师讲英国十九世纪初年的工业状况,以及工

厂待遇工人的黑暗情形，内中有一条是叫年轻的小孩子钻进烟囱里去清理龌龊，不时有被熏焦了的。我不能不恨烟囱了。

我同情社会主义的起点是看了一部小说，内中讲芝加哥一个制肉糜厂，用极小的孩子看着机器的工作的。有一个小孩不小心把自己的小手臂也叫碾了进去，和着猪肉一起做了肉糜。那一厂的出货是行销东方各大城的，所以那一星期至少有几万人分尝到了那小孩的臂膀。肉厂是资本家开的，因此我不能不恨资本家。

我最初看到的社会主义是马克斯前期的，劳勃脱欧温一派，人道主义，慈善主义，以及乌托邦主义混在一起的。正合我的脾胃。我最容易感情冲动，这题目够我的发泄了：我立定主意研究社会主义。

我在纽约那一年有一部分中国人叫我做鲍鱼雪微克，因为——为什么？因为我房间里书架上碰巧有几本讲苏俄一类的书。到了英国我对劳工的同情益发分明了。在报纸上看到劳工就比是看三国志看到诸葛亮赵云，水浒看到李逵鲁智深，总是"帮"的。那时有机会接近的也是工党一边的人物。贵族，资本家，这类字样一提着就够挖苦！劳工，多响亮，多神圣的名词！直到我回国，我自问是个激烈派，一个社会主义者，即使不是鲍尔雪微克。萧伯讷的话牢牢地记着，他说：一个在三十岁以下的人看了现代社会的状况而不是个革命家，他不是个痴子，定是个傻瓜。我年纪轻轻，不愿意痴，也不愿意傻，所以当然是个革命家。

到了中国以后，也不知怎的，原来热烈的态度忽然变了温和；原来一任感情的浮动，现在似乎要暂时遏住了感情，让脑筋凉够了仔细地想一想。但不幸这部分工夫始终不曾有机会做，虽则我知道我对这问题迟早得踌躇出一个究竟来：不经心的偶然的撅打不易把米粒从糠皮中分出。人是无远虑的多。我们在国外时劳资斗争是一个见天感受得到的实在：一个内阁的成功与失败全看它对失业问题有否相当的办法，罢工的危险性可以使你的房东太太整天在发愁与赌咒中过日子。这就不容你不取定一个态度,袒护资本还是同情劳工?中国究竟还差得远:资本和劳工同样说不到大规模的组织,日常生活与所谓近代工业主义间看不出什么迫切的关系,同时疯癫性的内战完全占住了我们的注意,因此虽则近来罢工一类的事实常有得听见,这劳资问题的实在在一般人的心目中总还是远着一步的。尤其是在北京一类地方,除了洋车夫与粪夫,见不到什么劳工社会,资本更说不上,所以尽凭"打倒资本主义"一类的呼声怎样激昂,我们的血温还是不曾增高的。就我自己说,这三四年来简直因为常住北京的缘故,我竟一边几乎完全忘却了这原来极想用力研究的问题,这北京生活是该咒诅的:它在无形中散布一种惰性的迷醉剂,使你早晚得受传染;使你不自觉地退入了"反革命"的死胡同里去。新近有一个朋友来京,他一边羡慕我们的闲暇,一边却十分惊讶他几个旧友的改变:从青年改成暮年,从思想的勇猛改成生活的萎靡——他发见了一群已成和将成的"阉子"!

  这所谓"知识阶级"的确有觉悟的迫要。他们离国民的生活太远了,离社会问题的真际太远了,离激荡思想的势力太远了。本来单凭书本子的学问已够不完全,何况现在的智识阶级连翻书本子的工夫都捐给了太太小孩子们的起居痛痒!

  又一个朋友新近到了苏俄也发生了极纯挚的反省:他在那边不发见什么恐怖与危机,他发见的是一团伟大勇猛的精神在那里伟大的勇猛地为全社会做事;他发见的是不容否认的理想主义与各项在实施中的理想;他发见的是一个有生命有力量的民族,他们所试验的事业即使不免有可议的地方,也决不是完全在醉生梦死中的中国人有丝毫的权利来批评的。听着:决不是完全在醉生梦死中的中国人有丝毫的权利来批评的!

  在篇首说到烟囱,原为要讲此次在南方一点子关于工厂的阅历,不想笔头又掉远了。说也奇怪,我可以说从不曾看过一个工厂,在国外"参观"过的当然有,但每回进工厂看的是建筑与机器等类的设备,往往因为领导人讲解得太详尽了,结果你什么也没有听到,没有看到。我从不曾进工厂去看过工人们做工的情形。这次却有了机会,而且在我的本乡;不但是本乡,而且是我自家父亲一手经营起的。我回硖石那天,我父亲就领了我去参观。那是一个丝厂,今年夏间才办成。屋子什么全是新的。工人有一百多,全是工头从绍兴包雇来的女人,有好多是带了孩子来的。机器间我先后去了三回,都是工作时间。我先说说大概情形,再及我的感想。房子造得极宽敞,空气够流通,约略一百多架"丝车"分成两行,相对的排着,女工们坐在丝车与热汤盆的中间,在机轧声中几百双手不住地抽着汤盆里泡着的丝茧,在每个汤盆的跟前站着一个自八九岁到十二三岁的女孩子,拿着杓子向沸水里捞出已经抽尽丝的茧壳。就女工门的姿态及手技看,她们都是熟练的老手,神情也都闲暇自若,在我们走过的时候,有很多抬起头带笑容地看着我们。这可是她们在工作时并不感受过分的难堪。那天是六月中旬,天气已经节节高向上加热,大约在荫凉处已够九十度光景,我们初进机器间因为两旁通风并不觉热,但走近中段就不同,走转身的时候我浑身汗透

了,我说不定温度有多高,但因为外来的太阳光(第一次去看芦帘不曾做得,随后就有了。)与丝车的沸汤的夹攻,中间呆坐着做工人的滋味,你可以揣想。工人们汗流被面的固然多,但坦然的也尽有。据说这工作她们上八府人是一半身体坚实一半做惯了吃得起,要是本地人去,半天都办不了的。这话我信,因为我自谅我要是坐下去的话怕不消三四个钟头竟会昏了去的。那些捞茧的女孩子们,十个里有九个是头面上长有热疮热疖的,这就可见一斑。

　　这班工人,前面说过,是工头包雇来的,厂里有宿舍给她们住,饭食也是厂里包的,除了放假日外,女工们是一例不准出门的。夏天是五点半放头螺,六点上工十二时停工半小时吃饭十二时半再开工到下午六时放工,共计做十一时有半的工。放假是一个月两天,初一与月半。工资是按钟点算的,仿佛每工人可得四角五或是四角八大洋的工资,每月抛去饭资每人可得净工资十元光景。厂里替她们办储蓄,有利息,这一层待遇情形据说比较的并不坏,一个女工到外府来做工每年年底可以捧一百多现洋钱回家,确是很可自傲的了。

　　我说过这是我第一次看厂工做工。看过了心里觉着一种难受。那么大热的天在那么热的屋子里连着做将近十二小时的工!外面的账房计算给我们听,从买进生茧到卖出熟丝的层层周折,抛去开销,每包丝可以赚多少钱。呒,马克斯的剩余价值论!这不是剥削工人们的劳力?我们是听惯八小时工作八小时睡眠八小时自由论的。这十一二小时的工作如何听得顺耳?"那末这大热天何妨让工人们少做一点时间呢?"我代工人们求恳似的问。"工人们哪里肯。她们只是多做,不要少做;多做多赚钱,少做少赚钱。"我没得话说了。"那末为什么不按星期放工呢?""她们连那两天都不愿意闲空哪!"我又没得话说了。一群猪羊似的工人们关在牢狱似的厂房里拼了血汗替自己家里赚小钱，替出资本办厂的财主们赚大钱？这情形其实有点看不顺眼——难受。"这大热天工人们不发病吗？"我又替她们担忧似的问。"她们才叫牢靠哪，很少病的；厂里也备了各种痧药，以后还请镇上一个西医每天来一半个钟头；厂里也够卫生的。""那末有这么许多孩子，何妨附近设一个学校，让她们有空认几个字也好不是？""这——我们不赞成；工人们识了字有了知识，就会什么罢工造反，那有什么好处！"我又没得话说了。

我真不知道怎样想才是，在一边看，这种的工作情形实在是太不人道，太近剥削；但换一边看，这多的工人，原来也许在乡间挨饿的，这来有了生计，多少可以赚一点钱回去养家，又不能完全说是没有好处；并且厂内另有选茧一类轻易的工作，的确也替本乡无业的妇女们开一条糊口过活的路。你要是去问工人们自己满意不满意，我敢说她们是不会（因为知识不到）出怨言的。那你这是白着急？可是我总觉得心上难受，异常的难受，仿佛自身作了什么亏心事似的。自从看了厂以后，我至今还不忘记那机器间的情形，尤其在南方天气最热的那几天，我到那儿那儿都惦着那一群每天得做十一二小时工作的可怜的生灵们！也许是我的感情作用；我在国外时也何尝不曾剧烈的同情劳工，但我从不曾经验过这样深刻的感念。我这才亲眼看到劳工的劳，这才看到一般人受生计逼迫无可奈何的实在，这才看到资本主义（在现在中国）是怎样一个必要的作孽，这才重新觉悟到我们社会生活问题有立即通盘筹画趁早设施的迫切。就治本说，发展实业是否只能听其自然的委给资产阶级，抑或国家和地方有集中经营的余地。就治标说，保护劳工法的种种条例有切实施行的必要，否则劳资间的冲突逃不了一天乱似一天的。总之乌托邦既然是不可能的，彻底的生计革命又一时不可期待，单就社会的安宁以及维持人道起见，我们自命有头脑的少数人，赶快得起来尽一分的责任；自觉地努力，不论走那一方向，总是生命力还在活动的表现，否则这醉生梦死的难道真的是死透了绝望了吗？

再 剖

你们知道喝醉了想吐吐不出或是吐不爽快的难受不是？这就是我现在的苦恼。肠胃里一阵阵的作恶，腥腻从食道里往上泛，但这喉关偏跟你别扭，它捏住你，逼住你，逗着你——不，它且不给你痛快哪！前天那篇"自剖"，就比是哇出来的几口苦水，过后只是更难受，更觉着往上冒。我告你我想要怎么样，我要孤寂，要一个静极了的地方——森林的中心，山洞里，牢狱的暗室里——再没有外界的影响来逼迫或引诱你的分心，再不须计较旁人的意见，喝采或是嘲笑；当前唯一的对象是你自己；你的思想，你的感情，你的本性。那时它们再不会躲避，不会隐遁，不会装作；赤裸裸的听凭你察看、检验审问。你可以放胆解去你最后的一缕遮盖，袒露你最自怜的创伤，最掩讳的私衷。那才是你痛快一吐的机会。

但我现在的生活情形不容我有那样一个时机。白天太忙（在人前一个人的灵性永远是蜷缩在壳内的蜗牛），到夜间，比如此刻，静是静了，人可又倦了，惦着明天的事情又不得不早些休息。啊，我真羡慕我台上放着那块唐砖上的佛像，他在他的莲台上瞑目坐着，什么都摇不动他那入定的圆澄。我们只是在烦恼网里过日子的众生，怎敢企望那光明无碍的境界！有鞭子下来，我们躲；见好吃的，我们唾涎；听声响，我们着忙；逢着痛痒，我们着恼。我们是鼠、是狗、是刺猬、是天上星星与地上泥土间爬着的虫。哪里有工夫，即使你有心想亲近你自己？哪里有机会，即使你想痛快的一吐？

前几天也不知无形中经过几度挣扎，才呕出那几口苦水，这在我虽则难受还是照旧，但多少总算是发泄。事后我私下觉着愧悔，因为我不该拿我一己苦闷的骨鲠，强读者们陪着我吞咽。是苦水就不免熏蒸的恶味。我承认这完全是我自私的行为，不敢望恕的。我唯一的解嘲是这几口苦水的确是从我自己的肠胃里呕出——不是去脏水桶里舀来的。我不曾期望同情，我只要朋友们认识我的深浅——（我的浅？）我最怕朋友们的容宠容易形成一种虚拟的期望；我这操刀自剖的一个目的，就在及早解卸我本不该扛上的担负。

是的，我还得往底里挖，往更深处剖。

最初我来编辑副刊，我有一个愿心。我想把我自己整个儿交给能容纳我的读者们，我心目中的读者们，说实话，就只这时代的青年。我觉着只有青年们的心窝里有容我的空隙，我要偎着他们的热血，听他们的脉搏。我要在我自己的情感里发见他们的情感，在我自己的思想里反映他们的思想。假如编辑的意义只是选稿、配版、付印、拉稿，那还不如去做银行的伙计——有出息得多。我接受编辑晨报副刊的机会，就为这不单是机械性的一种任务。(感谢晨报主人的信任与容忍)晨报变了我的喇叭，从这管口里我有自由吹弄我古怪的不调谐的音调，它是我的镜子，在这平面上描画出我古怪的不调谐的形状。我也决不掩讳我的原形：我就是我。记得我第一次与读者们相见，就是一篇供状。我的经过，我的深浅，我的偏见，我的希望，我都曾经再三的声明，怕是你们早听厌了。但初起我有一种期望是真——期望我自己。也不知那时间为什么原因我竟有那活棱棱的一副勇气。我宣言我自己跳进了这现实的世界，存心想来对准人生的面目认他一个仔细。我信我自己的热心(不是知识)多少可以给我一些对敌力量。我想拼这一天，把我的血肉与灵魂，放进这现实世界的磨盘里去挪，锯齿下去拉，——我就要尝那味儿！只有这样，我想才可以期望我主办的刊物多少是一个有生命气息的东西；才可以期望在作者与读者间发生一种活的关系；才可以期望读者们觉着这一长条报纸与黑的字印的背后，的确至少有一个活着的人与一个动着的心，他的把握是在你的腕上，他的呼吸吹在你的脸上，他的欢喜，他的惆怅，他的迷惑，他的伤悲，就比是你自己的，的确是从一个可认识的主体上发出来的变化——是站在台上人的姿态——不是投射在白幕上的虚影。

并且我当初也并不是没有我的信念与理想。有我崇拜的德性，有我信仰的原则。有我爱护的事物，也有我痛疾的事物。往理性的方向走，往爱心与同情的方向走，往光明的方向走，往真的方向走，往健康快乐的方向走，往生命，更多更大更高的生命方向走——这是我那时的一点"赤子之心"。我恨的是这时代的病象，什么都是病象：猜忌、诡诈、小巧、倾轧、挑拨、残杀、互杀、自杀、忧愁、作伪、肮脏。我不是医生，不会治病；我就有一双手，趁它们活灵的时候，我想，或许可以替这时代打开几扇窗，多少让空气流通些，浊的毒性的出去，清醒的洁净的进来。

但紧接着我的狂妄的招摇，我最敬畏的一个前辈(看了我的吊刘叔和文)就给我当头一棒：

……既立意来办报而且郑重宣言"决意改变我对人的态度"，那么自己的思想就得先磨冶一番，不能单凭主觉，随便说了就算完事。迎上前去，不要又退了回来！一时的兴奋，是无用的，说话越觉得响亮起劲，跳踯有力，其实即是内心的虚弱，何况说出衰颓懊丧的语气，教一般青年看了，更给他们以可怕的影响，似乎不是志摩这番挺身出马的本意！……

迎上前去，不要又退了回来！这一喝这几个月来就没有一天不在我"虚弱的内心"里回响。实际上自从我喊出"迎上前去"以后，即使不曾撑开了往后退，至少我自己觉不得我的脚步曾经向前挪动。今天我再不能容我自己这梦想下去。算清亏欠，在还算得清的时候，总比窝着混着强。我不能不自剖。冒着"说出衰颓懊丧的语气"的危险,我不能不利用这反省的锋刃,劈去纠我心身的累赘、淤积,或许这来倒有自我真得解放的希望?

想来这做人真是奥妙。我信我们的生活至少是复性的。看得见,觉得着的生活是我们的显明的生活,但同时另有一种生活,跟着知识的开豁逐渐胚胎、成形、活动,最后支配前一种的生活,就比是我们投在地上的身影,跟着光亮的增加渐渐由模糊化成清晰,形体是不可捉的,但它自有它的奥妙的存在,你动它跟着动,你不动它跟着不动。在实际生活的匆遽中,我们不易辨认另一种无形的生活的并存,正如我们在阴地里不见我们的影子;但到了某时候某境地忽的发见了它,不容否认的踵接着你的脚跟,比如你晚间步月时发见你自己的身影。它是你的性灵的或精神的生活。你觉到你有超实际生活的性灵生活的俄顷,是你一生的一个大关键!你许到极迟才觉悟(有人一辈子不得机会),但你实际生活中的经历、动作、思想,没有一丝一屑不同时在你那跟着长成的性灵生活中留着"对号的存根",正如你的影子不放过你的一举一动,虽则你不注意到或看不见。

我这时候就比是一个人初次发见他有影子的情形,惊骇、讶异、迷惑、耸悚、猜疑、恍惚同时并起,在这辨认你自身另有一个存在的时候。我这辈子只是在生活的道上盲目的前冲,一时踹入一个泥潭,一时踏折一支草花,只是这无目的的奔驰;从哪里来,向哪里去,现在在那里,该怎么走,这些根本的问题却从不曾到我的心上。但这时候突然的,恍然的我惊觉了,仿佛是一向跟着我形体奔波的影子忽然阻住了我的前路,责问我这匆匆的究竟是为什么!

一种新意识的诞生,这来我再不能盲冲,我至少得认明来踪与去迹,该怎样走法如其有目的地,该怎样准备如其前程还在遥远?

啊,我何尝愿意吞这果子,早知有这多的麻烦!现在我第一要考查明白的是这"我"究竟是怎么一回事,然后再决定掉落在这生活道上的"我"的赶路方法。以前种种动作是没有这新意识作主宰的;此后,什么都得由它。

四月五日

天目山中笔记

> 佛于大众中　说我当作佛　闻如是法音　疑悔悉已除
> 初闻佛所说　心中大惊疑　将非魔作佛　恼乱我心耶
> 　　　　　　　　——《莲华经·譬喻品》——

山中不定是清静。庙宇在参天的大木中间藏著，早晚间有的是风，松有松声，竹有竹韵；鸣的禽，叫的虫子，阁上的大钟，殿上的木鱼，庙身的左边右边都安着接泉水的粗毛竹管，这就是天然的笙簫，时缓时急的参和着天空地上种种的鸣籁。静是不静的；但山中的声响，不论是泥土里的蚯蚓叫或是轿夫们深夜里"唱宝"的异调，自有一种个别处：它来得纯粹，来得清亮，来得透彻，冰水似的沁入你的脾肺；正如你在泉水里洗濯过后觉得清白些，这些山籁，虽则一样是音响，也分明有洗净的功能。

夜间这些清籁摇着你入梦，清早上你也从这些清籁的怀抱中苏醒。

山居是福，山上有楼住更是修得来的。我们的楼窗开处是一片葱葱的林海；林海外更有云海！日的光，月的光，星的光：全是你的。从这三尺方的窗户你接受自然的变幻；从这三尺方的窗户你散放你情感的变幻。自在；满足。

今早梦回时睁眼见满帐的霞光。鸟雀们在赞美；我也加入一份。它们的是清越的歌唱，我的是潜深一度的沉默。

钟楼中飞下一声宏钟，空山在音波的磅礴中震荡。这一声钟激起了我的思潮。不，潮字太夸；说思流罢。耶教人说阿门，印度教人说"欧姆"（O—M），与这钟声的嗡嗡，同是从撮口外摄到合口内包的一个无限的波动：分明是外扩，却又是内潜；一切在它的周缘，却又在它的中心；同时是皮又是核，是轴亦复是廓。这伟大奥妙的"Om"使人感到动，又感到静；从静中见动，又从动中见静。从安住到飞翔，又从飞翔回复安住；从实在境界超入妙空，又从妙空化生实在——

"闻佛柔软香，深远甚微妙。"

多奇异的力量！多奥妙的启示！包容一切冲突性的现象，扩大刹那间的视域，这单纯的音响，于我是一种智灵的洗净。花开，花落，天外的流星与田畦间的飞萤，上缔云天的青松，下临绝海的巉岩，男女的爱，珠宝的光，火山的溶液：一婴儿在它的摇篮中安眠。

这山上的钟声是昼夜不间歇的，平均五分钟时一次。打钟的和尚独自在钟头上住着，据说他已经不间歇的打了十一年钟，他的愿心是打到他不能动弹的那天。钟楼上供着菩萨，打钟人在大钟的一边安着他的"座"，他每晚是坐着安神的，一只手挽着钟棰的一头，从长期的习惯，不叫睡眠耽误他的职司。"这和尚，"我自忖，"一定是有道理的！和尚是没道理的多；方才那知客僧想把七窍蒙充六根，怎么算总多了一个鼻孔或是耳孔；那方丈师的谈吐里不少某督军与某省长的点缀；那管半山亭的和尚更是贪嗔的化身，无端摔破了两个无辜的茶碗。但这打钟和尚，他一定不是庸流不能不去看看！"他的年岁在五十开外，出家有二十九年，这钟楼，不错，是他管的，这钟是他打的（说着他就过去撞了一下），他每晚，也不错，是坐着安神的，但此外，可怜，我的俗眼竟看不出什么异样。他拂拭着神龛，神座，拜垫，换上香烛，掇一盂水，洗一把青菜，捻一把米，擦干了手接受客家的布施，又转身去撞一声钟。他脸上看不出修行的清癯，却没有失眠的倦态，倒是满满的不时有笑容的展露；念什么经；不，就念阿弥陀佛，他竟许是不认识字的。"那一带是什么山，叫什么，和尚？""这里是天目山，"他说。"我知道，我说的是那一带的，"我手点着问。"我不知道，"他回答。

山上另有一个和尚，他住在更上去昭明太子读书台的旧址，盖着几间屋，供着佛像，也归庙管的，叫作茅棚。但这不比得普渡山上的真茅棚，那看了怕人的，坐着或是偎着修行的和尚没一个不是鹄形鸠面，鬼似的东西。他们不开口的多，你爱布施什么就放在他跟前的箩子或是盘子里，他们怎么也不睁眼，不出声，随你给的是金条或是铁条。人说得更奇了。有的半年没有吃过东西，不曾挪过窝，可还是没有死，就这冥冥地坐着。他们大约离成佛不远了，单看他们的脸色，就比石片泥土不差什么，一样这黑刺刺，死僵僵的。"内中有几个，"香客们说，"已经成了活佛，我们的祖母早三十年来就看见他们这样坐着的！"

但天目山的茅棚以及茅棚里的和尚，却没有那样的浪漫出奇。茅棚是尽够蔽风雨的屋子，修道的也是活鲜鲜的人，虽则他并不因此减却他给我们的趣味。他是一个高身材，黑面目，行动迟缓的中年人；他出家将近十年，三年前坐过禅关，现在这山上茅棚里来修行；他在俗家时是个商人，家中有父母兄弟姊妹，也许还有自身的妻子；他不曾明说他中年出家的缘由，他只说"俗业太重了，还是出家从佛的好"，但从他沉着的语音与持重的神态中可以觉出他不仅是曾经在人事上受过磨折，并且是在思想上能分清黑白的人。他的口，他的眼，都泄漏着他内里强自抑制，魔与佛交斗的痕迹；说他是放过火杀过人的忏悔者，可信；说他是个回头的浪子，也可信。他不比那钟楼上人的不着颜色，不露曲折：他分明是色的世界里逃来的一个囚犯。三年的禅关，三年的草棚，还不曾压倒，不曾灭净，他肉身的烈火。"俗业太重了，不如出家从佛的好"；这话里岂不颤栗着一往忏悔的深心？我觉着好奇；我怎么能得知

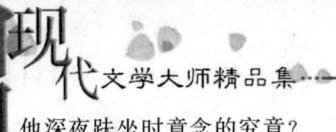

他深夜趺坐时意念的究竟？

| 佛于大众中 | 说我当作佛 | 闻如是法音 | 疑悔悉已除 |
| 初闻佛所说 | 心中大惊疑 | 将非魔所说 | 恼乱我心耶 |

但这也许看太奥了。我们承受西洋人生观洗礼的，容易把做人看太积极，入世的要求太猛烈，太不肯退让，把住这热虎虎的一个身子一个心放进生活的轧床去，不叫他留存半点汁水回去；非到山穷水尽的时候，决不肯认输，退后，收下旗帜；并且即使承认了绝望的表示，他往往直接向生存本体的取决，不来半不阑珊的收回了步子向后退：宁可自杀，干脆的生命的断绝，不来出家，那是生命的否认。不错，西洋人也有出家做和尚做尼姑的，例如亚佩腊与爱洛绮丝，但在他们是情感方面的转变，原来对人的爱移作对上帝的爱，这知感的自体与它的活动依旧不含糊的在着；在东方人，这出家是求情感的消灭，皈依佛法或道法，目的在自我一切痕迹的解脱。再说，这出家或出世的观念的老家，是印度不是中国，是跟着佛教来的；印度可以会发生这类思想，学者们自有种种哲理上乃至物理上的解释，也尽有趣味的。中国何以能容留这类思想，并且在实际上出家做尼僧的今天不比以前少（我新近一个朋友差一点做了小和尚！），这问题正值得研究，因为这分明不仅仅是个知识乃至意识的浅深问题，也许这情形尽有极有趣味的解释的可能，我见闻浅，不知道我们的学者怎样想法，我愿意领教。

一九二六年八月作

吸烟与文化

（一）

　　牛津是世界上名声压得倒人的一个学府。牛津的秘密是它的导师制。导师的秘密,按利卡克教授说,是"对准了他的徒弟们抽烟"。真的在牛津或康桥地方要找一个不吸烟的学生是很费事的——先生更不用提。学会抽烟,学会沙发上古怪的坐法,学会半吞半吐的谈话——大学教育就够格儿了。"牛津人"、"康桥人",还不够抖吗?我如其有钱办学堂的话,利卡克说,第一件事情我要做的是造一间吸烟室,其次造宿舍,再次造图书室;真要到了有钱没地方花的时候再来造课堂。

（二）

　　怪不得有人就会说,原来英国学生就会吃烟,就会懒惰。臭绅士的架子!臭架子的绅士!难怪我们这年头背心上刺刺的老不舒服,原来我们中间也来了几个叫土菝烟臭熏出来的破绅士!

　　这年头说话得谨慎些。提起英国就犯嫌疑。贵族主义!帝国主义!走狗!挖个坑埋了他!

　　实际上事情可不这简单。侵略,压迫,该咒是一件事,别的事情可不跟着走。至少我们得承认英国,就它本身说,是一个站得住的国家,英国人是有出息的民族。它的是有组织的生活,它有的是活气的文化。我们也得承认牛津或是康桥至少是一个十分可羡慕的学府,它们是英国文化生活的娘胎。多少伟大的政治家、学者、诗人、艺术家、科学家,是这两个学府的产儿——烟味儿给熏出来的。

（三）

　　利卡克的话不完全是俏皮话。"抽烟主义"是值得研究的。但吸烟室究竟是怎么一回事？烟斗里如何抽得出文化真髓来？对准了学生抽烟怎样是英国教育的秘密？利卡克先生没有描写牛津、康桥生活的真相；他只这么说，他不曾说出一个所以然来。许有人愿意听听的，我想。我也叫名在英国念过两年书，大部分的时间在康桥。但严格的说，我还是不够资格的。我当初并不是像我的朋友温源宁先生似的出了大金镑正式去请教熏烟的；我只是一个，比方说，烤小半熟的白薯，离着焦味儿透香还正远哪。但我在康桥的日子可真是享福，深怕这辈子再也得不到那样蜜甜的机会了。我不敢说康桥给了我多少学问或是教会了我什么；我不敢说受了康桥的洗礼，一个人就会变气息、脱凡胎。我敢说的只是——就我个人说，我的眼是康桥教我睁的，我的求知欲是康桥给我拨动的，我的自我的意识是康桥给我胚胎的。我在美国有整两年，在英国也算是整两年。在美国我忙的是上课，听讲，写考卷，啃橡皮糖，看电影，赌咒。在康桥我忙的是散步，划船，骑自转车，抽烟，闲谈，吃五点钟茶，牛油烤饼，看闲书。如其我到美国的时候是一个不含糊的草包，我离开自由神的时候也还是那原封没有动。但如其我在美国时候不曾通窍，我在康桥的日子至少自己明白了原先只是一肚子颟顸。这分别不能算小。

我早想谈谈康桥，对它我有的是无限的柔情。但我又怕亵渎了它似的始终不曾出口。这年头！只要"贵族教育"一个无意识的口号就可以把牛顿、达尔文、米尔顿、拜伦、华茨华斯、阿诺尔德、纽门、罗刹蒂、格兰士顿等等所从来的母校一下抹煞。再说这些年来交通便利了，各式各种日新月异的教育原理教育新制翩翩的从各方向的外洋飞到中华，那还容得厨房老过四百年墙壁上爬满骚胡髭一类藤萝的老书院一起来上讲坛？

（四）

但另换一个方向看去，我们也见到少数有见地的人再也看不过国内高等教育的混沌现

象,想跳开了踩烂的道儿,回头另寻新路走去。向外望去,现成有牛津、康桥青藤缭绕的学院招着你微笑;回头望去,五老峰下飞泉声中白鹿洞一类的书院瞅着你惆怅;这浪漫的思乡病跟着现代教育丑化的程度在少数人的心中一天深似一天。这机械性、买卖性的教育够腻烦了,我们说。我们也要几间满沿着爬山虎的高雪克屋子来安息我们的灵性,我们说。我们也要一个绝对闲暇的环境好容我们的心智自由的发展去,我们说。

　　林语堂先生在《现代评论》登过一篇文章谈他的教育的理想。新近任叔永先生与他的夫人陈衡哲女士也发表了他们的教育的理想。林先生的意思约莫记得是想仿效牛津一类学府;陈、任两位是要恢复书院制的精神。这两篇文章我认为是很重要的,尤其是陈、任两位的具体提议,但因为开倒车走回头路分明是不合时宜,他们几位的意思并不曾得到期望的回响。想来现在的学者们太忙了,寻饭吃的,做官的,当革命领袖的,谁都不得闲,谁都不愿闲,结果当然没有人来关心什么纯粹教育(不含任何动机的学问)或是人格教育。这是个遗憾的现象。

　　我自己也是深感这浪漫的思乡病的一个;我只要

　　"草青人远,

　　一流冷涧"……

　　但我们这理想的境界有容我们达到的一天吗?

一九二六年一月十四日

"迎上前去"

这回我不撒谎,不打隐谜,不唱反调,不来烘托;我要说几句,至少我自己信得过的话,我要痛快的招认我自己的虚实,我愿意把我的花押画在这张供状的末尾。

我要求你们大量的容许,准我在我第一天接手《晨报副刊》的时候,介绍我自己,解释我自己,鼓励我自己。

我相信真的理想主义者是受得住眼看他往常保持着的理想煨成灰,碎成断片,烂成泥,在这灰、这断片、这泥的底里,他再来发现他更伟大、更光明的理想。我就是这样的一个。

只有信生病是荣耀的人们才来不知耻的高声嚷痛;这时候他听着有脚步声,他以为有帮助他的人向着他来,谁知是他自己的灵性离了他去!真有志气的病人,在不能自己豁脱苦痛的时候,宁可死休,不来忍受医药与慈善的侮辱。我又是这样的一个。

我们在这生命里到处碰头失望,连续遭逢"幻灭",头顶只见乌云,地下满是黑影;同时我们的年岁、病痛、工作、习惯,恶狠狠的压上我们的肩背,一天重似一天,在无形中嘲讽的呼喝着,"倒,倒,你这不量力的蠢才!"因此你看这满路的倒尸,有全死的,有半死的,有爬着挣扎的,有默无声息的……嘿!生命这十字架,有几个人抗得起来?

但生命还不是顶重的担负,比生命更重实更压得死人的是思想那十字架。人类心灵的历史里能有几个天成的孟贲乌育?在思想可怕的战场上我们就只数得清有限的几具光荣的尸体。

我不敢非分的自夸;我不够狂,不够妄。我认识我自己力量的止境,但我却不能制止我看了这时候国内思想界萎瘪现象的愤懑与羞恶。我要一把抓住这时代的脑袋,问它要一点真思想的精神给我看看——不是借来的税来的冒来的描来的东西,不是纸糊的老虎,摇头的傀儡,蜘蛛网幕面的偶像;我要的是筋骨里迸出来,血液里激出来,性灵里跳出来,生命里震荡出来的真纯的思想。我不来问他要,是我的懦怯;他拿不出来给我看,是他的耻辱。朋友,我要你选定一边,假如你不能站在我的对面,拿出我要的东西来给我看,你就得站在我这一边,帮着我对这时代挑战。

我预料有人笑骂我的大话。是的,大话。我正嫌这年头的话太小了,我们得造一个比小更小的字来形容这年头听着的说话,写下印成的文字;我们得请一个想象力细致如史魏夫脱(Dean Swift)的来描写那些说小话的小口,说尖话的尖嘴。一大群的食蚁兽!他们最大的快乐是忙着他们的尖喙在泥土里垦寻细微的蚂蚁。蚂蚁是吃不完的,同时这可笑的尖嘴却益发不住的向尖的方向进化,小心再隔几代连蚂蚁这食料都显太大了!

我不来谈学问,我不配,我书本的知识是真的十二分的有限。年轻的时候我念过几本极普通的中国书,这几年不但没有知新,温故都说不上,我实在是孤陋,但我却抱定孔子的一句话"知之为知之,不知为不知,是知也",决不来强不知为知;我并不看不起国学与研究国学的学者,我十二分尊敬他们,只是这部分的工作我只能艳羡的看他们去做,我自己恐怕不但今天,竟许这辈子都没希望参加的了。外国书呢?看过的书虽则有几本,但是真说得上"我看过的"能有多少,说多一点,三两篇戏,十来首诗五六篇文章,不过这样罢了。

科学我是不懂的,我不曾受过正式的训练,最简单的物理化学,都说不明白,我要是不预备就去考中学校,十分里有九分是落第,你信不信!天上我只认识几颗大星,地上几棵大树!这也不是先生教我的;从先生那里学来的,十几年学校教育给我的,究竟有些什么,我实在是想不起,说不上,我记得的只是几个教授可笑的嘴脸与课堂里强烈的催眠的空气。

我人事的经验与知识也是同样的有限,我不曾做过工;我不曾尝味过生活的艰难,我不曾打过仗,不曾坐过监,不曾进过什么秘密党,不曾杀过人,不曾做过买卖,发过一个大的财。

所以你看,我只是个极平常的人,没有出人头地的学问,更没有非常的经验。但同时我自信我也有我与人不同的地方。

我不曾投降这世界。我不受它的拘束。

我是一只没笼头的野马,我从来不曾站定过。我人是在这社会里活着,我却不是这社会里的一个,像是有离魂病似的,我这躯壳的动静是一件事,我那梦魂的去处又是一件事。我是一个傻子,我曾经妄想在这流动的生里发现一些不变的价值,在这打谎的世上寻出一些不磨灭的真,在我这灵魂的冒险是生命核心里的意义;我永远在无形的经验的巉岩上爬着。

　　冒险——痛苦——失败——失望,是跟着来的,存心冒险的人就得打算他最后的失望;但失望却不是绝望,这分别很大。我是曾经遭受失望的打击,我的头是流着血,但我的脖子还是硬的;我不能让绝望的重量压住我的呼吸,不能让悲观的慢性病侵蚀我的精神,更不能让厌世的恶质染黑我的血液。厌世观与生命是不可并存的;我是一个生命的信徒,起初是的,今天还是的,将来我敢说也是的。我决不容忍性灵的颓唐,那是最不可救药的堕落,同时却继续躯壳的存在;在我,单这开口说话,提笔写字的事实,就表示后背有一个基本的信仰,完全的没破绽的信仰;否则我何必再做什么文章,办什么报刊?

　　但这并不是说我不感受人生遭遇的痛创;我决不是那童呆性的乐观主义者;我决不来指着黑影说这是阳光,指着云雾说这是青天,指着分明的恶说这是善。我并不否认黑影、云雾与恶,我只是不怀疑阳光与青天与善的实在;暂时的掩蔽与侵蚀,不能使我们绝望,这正应得加倍的激动我们寻求光明的决心。前几天我觉着异常懊丧的时候无意中翻着尼采的一句话,极简单的几个字却涵有无穷的意义与强悍的力量,正如天上星斗的纵横与山川的经纬,在无声中暗示你人生的奥义,祛除你的迷惘,照亮你的思路,他说"受苦的人没有悲观的权利"(The sufferer has no right to pessimism),我那时感受一种异样的惊心,一种异样的澈悟:——

　　　　我不辞痛苦,因为我要认识你,上帝;
　　　　我甘心,甘心在火焰里存身,
　　　　到最后那时辰见我的真,
　　　　见我的真,我定了主意,上帝,再不迟疑!

　　所以我这次从南边回来,决意改变我对人生的态度,我写信给朋友说这来要来认真做一点"人的事业"了。——

　　　　我再不想成仙,蓬莱不是我的份;
　　　　我只要这地面,情愿安分的做人。

　　在我这"决心做人,决心做一点认真的事业",是一个思想的大转变;因为先前我对这人生只是不调和不承认的态度,因此我与这现世界并没有什么相互的关系,我是我,它是它,它不能责备我,我也不来批评它。但这来我决心做人的宣言却就把我放进了一个有关系,负责任的地位,我再不能张着眼睛做梦,从今起得把现实当现实看:我要来察看,我要来检查,我要来清除,我要来颠扑,我要来挑战,我要来破坏。

人生到底是什么?我得先对我自己给一个相当的答案。人生究竟是什么?为什么这形形色色的,纷扰不清的现象——宗教、政治、社会、道德、艺术、男女、经济?我来是来了,可还是一肚子的不明白,我得慢慢的看古玩似的,一件件拿在手里看一个清切再来说话,我不敢保证我的话一定在行,我敢担保的只是我自己思想的忠实,我前面说过我的学识是极浅陋的,但我却并不因此自馁,有时学问是一种束缚,知识是一层障碍,我只要能信得过我能看的眼,能感受的心,我就有我的话说;至于我说的话有没有人听,有没有人懂,那是另外一件事我管不着了——"有的人身死了才出世的",谁知道一个人有没有真的出世那一天?

是的,我从今起要迎上前去!生命第一个消息是活动,第二个消息是搏斗,第三个消息是决定;思想也是的,活动的下文就是搏斗。搏斗就包含一个搏斗的对象,许是人,许是问题,许是现象,许是思想本体。一个武士最大的期望是寻着一个相当的敌手,思想家也是的,他也要一个可以较量他充分的力量的对象,"攻击是我的本性",一个哲学家说,"要与你的对手相当——这是一个正直的决斗的第一个条件。你心存鄙夷的时候你不能搏斗。你占上风,你认定对手无能的时候你不应当搏斗。我的战略可以约成四个原则:——第一,我专打正占胜利的对象——在必要时我暂缓我的攻击,等他胜利了再开手;第二,我专打没有人打的对象,我这边不会有助手,我单独的站定一边——在这搏斗中我难为的只是我自己;第三,我永远不来对人的攻击——在必要时我只拿一个人格当显微镜用,借它来显出某种普遍,但却隐遁不易踪迹的恶性;第四,我攻击某事物的动机,不包含私人嫌隙的关系,在我攻击是一个善意的,而且在某种情况下,感恩的凭证。"

这位哲学家的战略,我现在僭引作我自己的战略,我盼望我将来不至于在搏斗的沉酣中忽略了预定的规律,万一疏忽时我恳求你们随时提醒。我现在戴我的手套去!

谒见哈代的一个下午

（一）

"如其你早几年，也许就是现在，到道骞司德的乡下，你或许碰得到《裘德》的作者，一个和善可亲的老者，穿着短裤便服，精神飒爽的，短短的脸面，短短的下颏，在街道上闲暇的走着，招呼着，答话着，你如其过去问他卫撒克士小说里的名胜，他就欣欣的从详指点讲解；回头他一扬手，已经跳上了他的自行车，按着车铃，向人丛里去了。我们读过他著作的，更可以想象这位貌不惊人的圣人，在卫撒克士广大的、起伏的草原上，在月光下，或在晨曦里，深思地徘徊着。天上的云点，草里的虫吟，远处的隐约的人声都在他灵敏的神经里印下不磨的痕迹；或在残败的古堡里拂拭乳石上的苔青与网结；或在古罗马的旧道上，冥想数千年前铜盔铁甲的骑兵曾经在这日光下驻踪或在黄昏的苍茫里，独倚在枯老的大树下，听前面乡村里的青年男女，在笛声琴韵里，歌舞他们节会的欢欣；或在济茨或雪莱或史文庞的遗迹，悄悄的追怀的他们艺术的神奇……在他的眼里，像在高蒂闲（Theophile Gautier）的眼里，这看得见的世界是活着的；在他的'心眼'（The lnward Eye）里，像在他最服膺的华茨华士的心眼里，人类的情感与自然的景象是相联合的；在他的想象里，像在所有大艺术家的想象里，不仅伟大的史迹，就是眼前最琐小最暂忽的事实与印象，都有深奥的意义，平常人所忽略或竟不能窥测的。从他那六十年不断的心灵生活，——观察、考量、揣度、印证，——从他那六十年不懈不弛的真纯经验里，哈代，像春蚕吐丝制茧似的抽绎他最微妙最桀傲的音调，纺织他最缜密最经久的诗歌——这是他献给我们可珍的礼物。"

（二）

上文是我三年前慕而未见时半自想象半自他人传述写来的哈代。去年七月在英国时，承狄更生先生的介绍，我居然见到了这位老英雄，虽则会面不及一小时，在余小子已算是莫大的荣幸，不能不记下一些踪迹。我不讳我的"英雄崇拜"。山，我们爱踹高的；人，我们为

什么不愿意接近大的？但接近大人物正如爬高山，往往是一件费劲的事；你不仅得有热心，你还得有耐心。半道上力乏是意中事，草间的刺也许拉破你的皮肤，但是你想一想登临危峰时的愉快！真怪，山是有高的，人是有不凡的！我见曼殊斐儿，比方说，只不过二十分钟模样的谈话，但我怎么能形容我那时在美的神奇的启示中的全生的震荡？——

我与你虽仅一度相见——

但那二十分不死的时间！

果然，要不是那一次巧合的相见，我这一辈子就永远见不着她——会面后不到六个月她就死了。自此我益发坚持我英雄崇拜的势利，在我有力量能爬的时候，总不教放过一个"登高"的机会。我去年到欧洲完全是一次"感情作用的旅行"；我去是为泰谷尔，顺便我想去多瞻仰几个英雄。我想见法国的罗曼罗兰，意大利的丹农雪乌，英国的哈代。但我只见着了哈代。

在伦敦时对狄更生先生说起我的愿望，他说那容易，我给你写信介绍，老头精神真好，你小心他带了你到道骞斯德林子里去走路，他仿佛是没有力乏的时候似的！那天我从伦敦下去到道骞斯德，天气好极了，下午三点过到的。下了站我不坐车，问了Max Gate的方向，我就欣欣的走去。他家的外园门正对一片青碧的平壤，绿到天边，绿到门前；左侧远处有一带绵延的平林。进园径转过去就是哈代自建的住宅，小方方的壁上满爬着藤萝。有一个工人在园的一边剪草，我问他哈代先生在家不，他点一点头，用手指门。我拉了门铃，屋子里突然发一阵狗叫声，在这宁静中听得怪尖锐的，接着一个白纱抹头的年轻下女开门出来。

"哈代先生在家，"她答我的问，"但是你知道哈代先生是'永远'不见客的。"

我想糟了。"慢着，"我说，"这里有一封信，请你给递了进去。""那末请候一候。"她拿了信进去又关上了门。

她再出来的时候脸上堆着最俊俏的笑容。"哈代先生愿意见你，先生，请进来。"多俊俏的口音！"你不怕狗吗，先生。"她又笑了。"我怕。"我说。"不要紧，我们的梅雪就叫，她可不咬，这儿生客来得少。"

我就怕狗的袭来！战兢兢的进了门，进了客厅，下女关门出去，狗还不曾出现，我才放心。壁上挂着沙琴德(John Sargeant)的哈代画像，一边是一张雪莱的像，书架上记得有雪莱的大本集子，此外陈设是朴素的，屋子也低，暗沉沉的。

我正想着老头怎么会这样喜欢雪莱，俩人的脾胃相差够多远，外面楼梯上一阵急促的脚步声和狗铃声下来，哈代推门进来了。我不知他身材实际多高，但我那时站着平望过去，最初几乎没有见他，我的印象是他是一个矮极了的小老头儿。我正要表示我一腔崇拜的热心，他一把拉了我坐下，口里连着说"坐坐"，也不容我说话仿佛我的"开篇"辞他早就有数，连着问我，他那急促的一顿顿的语调与干涩的苍老的口音，"你是伦敦来的？""狄更生是你的朋友？""他好？""你译我的诗？""你怎么翻？""你们中国诗用韵不用？"前面那几句问话是用不着答的（狄更生信上说起我翻他的诗），所以他也不等我答话，直到末一句他才收住了。坐着也是奇矮，也不知怎的，我自己只显得高，私下不由踌躇，似乎在这天神面前我们凡人就在身材上也不应分占先似的！（阿，你没见过萧伯纳——这比下来你是个蚂蚁!）这时候他斜着坐，一只手搁在台上头微微低着，眼往下看，头顶全秃了，两边脑角上还各有一鬏也不全花的头发；他的脸盘粗看像是一个尖角往下的等边形三角，两颧像是特别宽，从宽浓的眉尖直扫下来的束住在一个短促的下巴尖；他的眼不大，但是深凹的，往下看的时候多，不易看出颜色与表情。最特别的，最"哈代的"，是他那口连着两旁松松往下堕的夹腮皮。如其他的眉眼只是忧郁的深沉，他的口脑的表情分明是厌倦与消极。不，他的脸是怪，我从不曾见过这样耐人寻味的脸。他那上半部，秃的宽广的前颅，着发的头角，你看了觉得好玩，正如一个孩子的头，使你感觉一种天真的趣味，但愈往下愈不好看，愈使你觉得难受，他那皱纹龟驳的脸皮正使你想起苍老的岩石，雷电的猛烈，风霜的侵凌，雨溜的剥蚀，苔藓的沾染，虫鸟的斑斓，什么时间与空间的变幻都在这上面遗留着痕迹！你知道他是不抵抗的，忍受的，但看他那下颊，谁说这不泄露他的怨毒，他的厌倦，他的报复性的沉默！他不露一点笑容，你不易相信他与我们一样也有嘻笑的本能。正如他的脊背是倾向伛偻，他面上的表情也只是一种不胜压迫的伛偻。喔哈代！

  回讲我们的谈话。他问我们中国诗用韵不。我说我们从前只有韵的散文，没有无韵的诗，但最近……但他不要听最近，他赞成用韵，这道理是不错的。你投块石子到湖心里去，一圈圈的水纹漾了开去，韵是波纹。少不得，抒情诗 Lyric 是文学的精华。颠不破的钻石，不论多小。磨不灭的光彩。我不重视我的小说。什么都没有做好的小诗难（他背了莎士比亚"Tell me where is Fancy bred"，朋琼生（Ben jonson）的 Drink to meonly with thine eyes"高兴的样子。）我说我爱他的诗因它们不仅结构严密像建筑，同时有思想的血脉在流走，像有机的整体。我说了 Organic 这个字；他重复说了两遍："Yes Organic, yes Organic; A poem ought to be a living thing"，练习文字顶好学写诗；很多人从学诗写好散文，诗是文学的秘密。

  他沉思了一晌。"三十年前有朋友约我到中国去。他是一个教士。我的朋友，叫莫尔德，他在中国住了五十年，他回英国来时每回说话先想起中文再翻英文的！他中国什么都知道，他请我去，太不便了，我没有去。但是你们的文字是怎么一回事？难极了不是？为什么你们不丢了它，改用英文或法文，不方便吗？"哈代这话骇住了我。一个最认识各种语言的天才的诗人要我们丢掉几千年的文字！我与他辩难了一晌，幸巧他也没有坚持。

  说起我们共同的朋友。他又问起狄更生的近况，说他真是中国的朋友。我说我明天到康华尔去看罗素。谁？罗素？他没有加案语。我问起勃伦腾（Edmund Blunden），他说他从日本有信来，他是一个诗人。讲起麦雷（John M·Murry）他起劲了。"你认识麦雷？"他问。"他就住在这儿道骞斯德海边，他买了一所古怪的小屋子，正靠着海，怪极了的小屋子，什么时候那可以叫海给吞了去似的。他自己每天坐一部破车到镇上来买菜。他是很能干的。他会写。我也见过他从前的太太曼殊斐儿？他又娶了，你知道不？我说给你听麦雷的故事。曼殊斐儿死了，他悲伤得很，无聊极了，他办了他的报（我怕他的报维持不了），还是悲伤。好了，有一天有一个女的投稿几首诗，麦雷觉得有意思，写信叫她去看他，她去看他，一个年轻的女子，两人说投机了，就结了婚，现在大概他不悲伤了。"

　　他问我那晚到那里去。我说到 Exeter 看教堂去，他说好的。他就讲建筑、他的本行。我问你小说里常有建筑师，有没有你自己的影子？他说没有。这时候梅雪出去了又回来，咻咻的爬在我的身上乱抓。哈代见我有些窘，就站起来呼开梅雪，同时说我们到园里去走走吧，我知道这是送客的意思。我们一起走出门绕到屋子的左侧去看花，梅雪摇着尾巴咻咻的跟着。我说哈代先生，我远道来你可否给我一点小纪念品。他回头见我手里有照相机，他赶紧他的步子急急的说，我不爱照相，有一次美国人来给了我很多的麻烦，我从此不叫来客照相，——我也不给我的笔迹（Autograph），你知道？他脚步更快了，微偻着背，腿微向外弯一摆一摆的走着仿佛怕来客要强抢他什么东西似的！"到这儿来，这儿有花，我来采两朵花给你做纪念好不好？"他俯身下去到花坛里去采了一朵红的一朵白的递给我"你暂时插在衣襟上吧，你现在赶六点钟车刚好，恕我不陪你了，再会，再会——来，来，梅雪：梅雪……"老头扬了扬手，径自进门去了。

　　啬刻的老头，茶也不请客人喝一盅！但谁还不满足，得着了这样难得的机会？往古的达文赛、莎士比亚、葛德、拜伦，是不回来了的；——哈代！多远多高的一个名字！方才那头秃秃的背弯弯的腿屈屈的，是哈代吗？太奇怪了！那晚有月亮，离开哈代五个钟头以后，我站在哀克利脱教堂的门前玩弄自身的影子，心里充满着神奇。

秋

两年前,在北京,有一次,也是这么一个秋风生动的日子,我把一个人的感想比作落叶,从生命那树上掉下来的叶子。落叶,不错,是衰败和凋零的象征,它的情调几乎是悲哀的。但是那些在半空里飘摇,在街道上颠倒的小树叶儿,也未尝没有它们的妩媚.它们的颜色,它们的意味,在少数有心人看来,它们在这宇宙间并不是完全没有地位的。"多谢你们的摧残,使我们得到解放,得到自由。"它们仿佛对无情的秋风说。"劳驾你们了,把我们踹成粉,踩成泥,使我们得到解脱,实现消灭",它们又仿佛对不经心的人们这么说。因为看着,在春风回来的那一天,这叫卑微的生命的种子又会从冰封的泥土里翻成一个新鲜的世界。它们的力量,虽则是看不见,可是不容疑惑的。

我那时感着的沈闷,真是一种不可形容的沈闷。它仿佛是一座大山,我整个的生命叫它压在底下。我那时的思想简直是毒的,我有一首诗,题目就叫《毒药》开头的两行是——

"今天不是,我歌唱的日子,我口边涎着狞恶的冷笑,不是我说笑的日子,我胸怀间插着发冷光的刀剑:相信我,我的思想是恶毒的。因为这世界是恶毒的,我的灵魂是黑暗的,因为太阳已经灭绝了光彩,我的声调,像是坟堆里的夜枭,因为人间已经杀尽了一切的和谐,我的口音,像是冤鬼责问他的仇人,因为一切的恩已经让路给一切的怨。"

我借这一首不成形的咒诅的诗,发泄了我一腔的闷气,但我却并不绝望,并不悲观,在极深刻的沈闷的底里,我那时还模着了希望。所以我在《婴儿》——那首不成形诗的最后一节——那诗的后段,在描写一个产妇在她生产的受罪中,还能含有希望的句子。

在我那时带有预言性的想像中,我想望着一个伟大的革命。因此我在那篇《落叶》的末尾,我还有勇气来对付人生的挑战,郑重地宣告一个态度,高声地喊一声——借用两个有力量的外国字——"Everlasting yea"。"Everlasting yea","Everlasting yea"一年,一年,又过去了两年。这两年间我那时的想望有实现的没有?那伟大的《婴儿》有出世了没有?我们的受罪取得了认识与价值没有?

我不知道,我不知道。我知道的还只是那一大堆丑陋的臃肿的沈闷,压得瘪人的沈闷,

笼盖着我的思想,我的生命。它在我的经络里,在我的血液里。我不能抵抗,我再没有力量。

我们靠着维持我们生命的不仅是面包,不仅是饭,我们靠着活命的,用一个诗人的话,是情爱,敬仰心,希望。"We live by love, admiralion and hope",这话又包涵一个条件,就是说这世界这人类是能承受我们的爱,值得我们的敬仰,容许我们的希望的。但现代是什么光景?人性的表现,我们看得见听得到的,到底是怎样回事?我想我们都不是外人,用不着掩饰,实在也无从掩饰,这里没有什么人性的表现,除了丑恶,下流,黑暗。太丑恶了,我们火热的胸膛里有爱不能爱,太下流了。我们有敬仰心不能敬仰,太黑暗了,我们要希望也无从希望。太阳给天狗吃了去,我们只能在无边的黑暗中沈默着,永远地沈默着!这仿佛是经过一次强烈的地震的悲惨,思想,感情,人格,全给震成了无可收拾的断片,也不成系统,再也不得连贯,再也没有表现。但你们在这个时候要我来讲话,这使我感着一种异样的难受。难受,因为我自身的悲惨。难受,尤其因为我感到你们的邀请不止是一个寻常讲演的邀请。你们来邀我,当然不是要什么现成的主义,那我是外行,也不为什么专门的学识,那我是草包,你们明知我是一个诗人,他的家当,除了几座空中的楼阁,至多只是一颗热烈的心。你们邀我来也许在你们中间也有同我一样感到这时代的悲哀,一种不可解脱不可摆脱的况味,所以邀我这同是这悲哀沈闷中的同志来,希冀万一,可以给你们打几个幽默的比喻,说一点笑话,给一点子安慰,有这么小小的一半个时辰,彼此可以在同情的温暖中忘却了时间的冷酷。因此我踌躇,我来怕没有交代,不来又于心不安。我也曾想选几个离着实际的人生较远些的事儿来和你们谈谈,但是相信我,朋友们,这念头是枉然的,因为不论你思想的起点是星光是月是蝴蝶,只一转身,又逢着了人生的基本问题,冷森森地竖着像是几座拦路的墓碑。

不,我们躲不了它们:关于这时代人生的问号,小的,大的,歪的,正的,像蝴蝶似的绕满了我们的周遭。正如在两年前它们逼迫我宣告一个坚决的态度,今天它们还是逼迫着要我来表示一个坚决的态度。也好,我想,这是我再来清理一次我的思想的机会。在我们完全没有能力解决人生问题时,我们只能承认失败。但我们当前的问题究竟是些什么?如其它们有力量压倒我们,我们至少也得抬起头来认一认我们敌人的面目再说。譬如医病,我们先得看清是什么病而后用药,才可以有希望治病。说我们是有病,那是无可致疑的。但病在那一部,最重要的是症候是什么,我们却不一定答得上。至少,各人有各人的答案,决不会一致的。就说这时代的烦闷,烦闷也不能凭空来的不是?它也得有种种造成它的原因,它到底是怎么回事,我们也得查个明白。换句话说,我们先得确定我们的问题,然后再试第二步的解决。也许在分析我们的病症的研究中,某种对症的医法,就会不期然地显现。我们来试试看。

说到这里,我们可以想像一班乐观派的先生们冷眼地看着我们好笑。他们笑我们无事

忙,谈什么人生,谈什么根本问题,人生根本就没有问题,这都是那玄学鬼钻进了懒惰人的脑筋里在那里不相干地捣玄虚来了!做人就是做人,重在这做字上。你天性喜欢工业,你去找工程事情做去就得。你爱谈整理国故,你寻你的国故整理去就得。工作,更多的工作,是唯一的福音。把你的脑力精神一齐放在你愿意做的工作上,你就不会轻易发挥感伤主义,你就不会无病呻吟,你只要尽力去工作,什么问题都没有了。

这话初听到是又生辣又干脆的,本来么,有什么问题,做你的工好了,何必自寻烦恼!但是你仔细一想的时候,这明白晓畅的福音还是有漏洞的。固然这时代很多的呻吟只是懒鬼的装痛,或是虚幻的想像,但我们因此就能说这时代本来是健全的,所谓病痛所谓烦恼无非是心理作用了吗?固然当初德国有一个大诗人。他的伟大的天才使他在什么心智的活动中都找到趣味,他在科学实验室里工作得厌倦了,他就跑出来带住一个女性就发迷,西洋人说的"跌进了恋爱";回头他又厌倦了或是失恋了,只一感到烦恼,或悲哀的压迫,他又赶快飞进了他的实验室,关上了门。也关上了他自己的感情的门,又潜心他的科学研究去了。在他,所谓工作确是一种救济,一种关栏,一种调剂,但我们怎能比得?我们一班青年感情和理智还不能分清的时候,如何能有这样伟大的克制的工夫?所以我们还得来研究我们自身的病痛,想法可能的补救。

并且这工作论是实际上不可能的。因为假如社会的组织,果然能容得我们各人从各人的心愿选定各人的工作并且有机会继续从事这部分的工作,那还不是一个黄金时代?"民各乐其业,安其生。"还有什么问题可谈的?现代是这样一个时候吗?商人能安心做他的生意,学生能安心读他的书,文学家能安心做他的文章吗?正因为这时代从思想起,什么事情都颠倒了,混乱了,所以才会发生这普通的烦闷病,所以才有问题,否则认真吃饱了饭没有事做,大家甘心自寻烦恼不成?

我们来看看我们的病症。

第一个显明的症候是混乱。一个人群社会的存在与进行是有条件的。这条件是种种体力与智力的活动的和谐的合作,在这诸种活动中的总线索,总指挥,是无形迹可寻的思想,我们简直可以说哲理的思想,它顺着时代或领着时代规定人类努力的方向,并且在可能时给它一种解释,一种价值的估定与意义的发见。思想的一个使命,是引导人类从非意识的以至无意识的活动进化到有意识的活动,这点子意识性的认识与觉悟,是人类文化史上最光荣的一种胜利,也是最透彻的一种快乐。果然是这部分哲理的思想,统辖得住这人群社会全体的活动,这社会就上了正轨;反面说,这部分思想要是失去了它那总指挥的地位,那就坏了,种种体力和智力的活动,就随时随地有发生冲突的可能,这重心的抽去是种种不平衡现象主要的原因。现在的中国就吃亏在没有了这个重心,结果什么都豁了边,都不合适了。我们这老大国家,说也可惨,在这百年来,根本就没有思想可说。从安逸到宽松,从宽松到怠惰,从怠惰到着忙,从着忙到瞎闯,从瞎闯到混乱,这几个形容词我想可以概括近百年来中国的思想史,——简单说,它完全放弃了总指挥的地位。没有了统系,没有了目标,没有了和谐,结果是现代的中国:一团混乱。

混乱,混乱,那儿都是的。因为思想的无能,所以引起种种混乱的现象,这是一步。再从这种种的混乱,更影响到思想本体,使它也传染了这混乱。好比一个人因为身体软弱才受外感,得了种种的病,这病的蔓延又回过来销蚀病人有限的精力,使他变成更软弱了,这是第二步,经济,政治,社会,哪儿不是蹊跷,哪儿不是混乱?这影响到个人方面是理智与感情的不平衡,感情不受理智的节制就是意气,意气永远是浮的,浅的,无结果的;因为意气占了上风,结果是错误的活动。为了不曾辨认清楚的目标,我们的文人变成了政客,研究科学的,做了非科学的官,学生抛弃了学问的寻求,工人做了野心家的牺牲。这种种混乱现象影

响到我们青年是造成烦闷心理的原因的一个。

　　这一个症候——混乱——又过渡到第二个症候——变态。什么是人群社会的常态？人群是感情的结合。虽则尽有好奇的思想家告诉我们人是互杀互害的，或是人的团结是基本于怕惧的本能，虽则就在有秩序上轨道的社会里，我们也看得见恶性的表现，我们还是相信社会的纪纲是靠着积极的情感来维系的。这是说在一常态社会的天平上，情爱的分量一定超过仇恨的分量，互助的精神一定超过互害互杀的现象，但在一个社会没有了负有指导使命的思想的中心的情形之下，种种离奇的变态的现象，都是可能产生的了。

　　一个社会不能供给正当的职业时，它即使有严厉的法令，也不能禁止盗匪的横行。一个社会不能保障安全，奖励恒业恒心。结果原来正当的商人。都变成了拿妻子生命财产来做买空卖空的投机家。我们只要翻开我们的日报，就可以知道这现代的社会是常态是变态。笼统一点说，他们现在只有两个阶级可分。一个是执行恐怖的主体，强盗，军队，土匪，绑匪，政客，野心的政治家，所有得势的投机家都是的，他们实行的，不论明的暗的，直接间接都是一种恐怖主义。还有一个是被恐怖的。前一阶级永远拿着杀人的利器或是类似的东西在威吓着，压迫着，要求满足他们的私欲，后一阶级永远是在地上爬着。发着抖，喊救命，这不是变态吗？这变态的现象表现在思想上就是种种荒谬的主义离奇的主张。笼统说，我们现在听得见的主义主张，除了平庸不足道的，大都是计算领着我们向死路上走的。这不是变态吗？

　　这种种变态现象影响到我们青年，又是造成烦闷心理的原因的一个。

　　这混乱与变态的观众又协同造成了第三种的现象——一切标准的颠倒。人类的生活的条件，不仅仅是衣食住；"人之异于禽兽者几希"，我们一讲到人道，就不能脱离相当的道德观念。这比是无形的空气，他的清鲜是我们健康生活的必要条件。我们不能没有理想，没有信念，我们真生命的寄托决不在单纯的衣食间。我们崇拜英雄——广义的英雄——因为在他们事业上所表现的品性里，我们可以感到精神的满足与灵感，鼓励我们更高尚的天性，勇敢地发挥人道的伟大。你崇拜你的爱人，因为她代表的是女性的美德。你崇拜当代的政治家，因为他们代表的是无私心的努力。你崇拜思想家，因为他们代表的是寻求真理的勇敢。这崇拜的涵义就是标准。时代的风尚尽管变迁，但道义的标准是永远不动摇的。这些道义的准则，我们问时代要求的是随时给我们这些道义准则的一个具体的表现。仿佛是在渺茫的人生道上给悬着几颗照路的明星。但现代给我们的是什么？我们何尝没有热烈的崇拜心？我们何尝不在这一件事那一件事上，或是这一个人物那一个人物的身上安放过我们迫切的期望。但是，但是，还用我说吗！有那一件事不使我们重大地迷惑，失望，悲伤？说到人的方面，那有比普遍的人格的破产更可悲悼的？在不知那一种魔鬼主义的秋风里，我们眼见我们心目中的偶像像败叶似的一个个全掉了下来！眼见一个个道义的标准，都叫丑恶的人性给沾上了不可清洗的污秽！标准是没有了的。这种种道德方面人格方面

颠倒的现象，影响到我们青年，又是造成烦闷心理的原因的一个。

　　跟着这种症候还有一个惊心的现象，是一般创作活动的消沈，这也是当然的结果。因为文艺创作活动的条件是和平有秩序的社会状态，常态的生活，以及理想主义的根据。我们现在却只有混乱，变态，以及精神生活的破产。这仿佛是拿毒药放进了人生的泉源，从这里流出来的思想，那还有什么真善美的表现？

　　这时代病的症候是说不尽的，这是最复杂的一种病，但单就我们上面说到的几点看来，我们似乎已经可以采得一点消息，至少我个人是这么想。——那一点消息就是生命的枯窘，或是活力的衰耗。我们所以得病是为我们生活的组织上缺少了思想的重心，它的使命是领导与指挥。但这又为什么呢？我的解释，是我们这民族已经到了一个活力枯窘的时期。生命之流的本身，已经是近于干涸了；再加之我们现得的病，又是自接尅伐生命本体的致命症候，我们怎样能受得住？这话可又讲远了，但又不能不从本原上讲起。我们第一要记得我们这民族是老得不堪的一个民族。我们知道什么东西都有它天限的寿命；一种树只能青多少年，过了这期限就得衰，一种花也只能开几度花，过此就为死（虽则从另一个看法，它们都是永生的。因为它们本身虽得死，它们的种子还是有机会继续发长）。我们这棵树在人类的树林里，已经算得是寿命极长的了。我们的血统比较又是纯粹的，就连我们的近邻西藏满蒙的民族都等于不和我们混合。还有一个特点是我们历来因为四民制的结果，士之子恒为士，商之子恒为商，思想这任务完全为士民阶级的专利，又因为经济制度的关系，活力最充足的农民简直没有机会读书，因此士民阶级形成了一种孤单的地位。我们要知道知识是一种堕落。尤其从活力的观点看，这士民阶级是特别堕落的一个阶级，再加之我们旧教育观念的偏窄，单就知识论，我们思想本能活动的范围简直是荒谬的狭小。我们只有几本书，一套无生命的陈腐的文字，是我们唯一的工具。这情形就比是本来是一个海湾，和大海是相通的,但后来因为沙地的涨起,这一湾水渐渐地隔离它从来的海,而变成了湖。这湖原先也许还承受得着几股山水的来源,但后来又经过陵谷的变迁,这部分的来源也断绝了,结果这湖又干成一只小潭,乃至一小潭的止水,涨满了青苔与萍梗,钝迟迟的眼看得见就可以完全干涸了去的一个东西。这是我们受教育的士民阶级的相仿情形。现在所谓智识阶级亦无非是这潭死水里比较泥草松动些风来还多少吹得皱的一洼臭水,别瞧它矜矜自喜,可怜它能有多少前程? 还能有多少生命?

所以我们这病,虽则症候不止一种,虽然看来复杂,归根只是中医所谓气血两亏的一种本原病。我们现在所感觉的烦闷,也只见沈浸在这一洼离死不远的臭水里的气闷,还有什么可说的? 水因为不流所以滋生了水草,这水草的涨性,又帮助浸干这有限的水。同样的。我们的活力因为断绝了来源,所以发生了种种本原性的病症,这些病又回过来侵蚀本原,帮助消尽这点仅存的活力。

病性既是如此,那不是完全绝望了吗?

那也不能这么容易。一棵大树的凋零,一个民族的衰歇,决不是一朝一夕的事儿。我们当然还是要命。只是怎么要法,是我们的问题。我说过我们的病根是在失去了思想的重心,那又是原因于活力的单薄。在事实上,我们这读书阶级形成了一种极孤单的状况,一来因为阶级关系它和民族里活力最充足的农民阶级完全隔绝了,二来因为畸形教育以及社会的风尚的结果,它在生活方面是极端的城市化,腐化,奢侈化,惰化,完全脱离了大自然健全的影响变成自蚀的一种蛀虫。在智力活动方面,只偏向于纤巧的浅薄的诡辩的乃至于程式化的一道,再没有创造的力量的表示,渐次地完全失去了它自身的尊严以及统豁领导全社会活动的无上的权威。这一没有了统帅,种种紊乱的现象就都跟着来了。

这畸形的发展是值得寻味的。一方面你有你的读书阶级,中了过度文明的毒,一天一天望腐化僵化的方向走,但你却不能否认它智力的发达,只因为道义标准的颠倒以及理想

主义的缺乏,它的活动也全不是在正理上。就说这一堂的翩翩年少——尤其是文化最发旺的江浙的青年,十个里有九个是弱不禁风的。但问题还不全在体力的单薄,尤其是智力活动本身是有了病,它只有毒性的戟刺,没有健全的来源,没有天然的资养。纤巧的新奇的思想不是我们需要的,我们要的是从丰满的生命与强健的活力里流露出来纯正的健全的思想,那才是有力量的思想。

同时我们再看看占我们民族十分之八九的农民阶级。他们生活的简单,脑筋的简单,感情的简单,意识的疏浅,文化的定住,几于使他们形成一种仅仅有生物作用的人类。他们的肌肉是发达的,他们是能工作的,但因为教育的不普及,他们智力的活动简直的没有机会,结果按照生物学的公例,因无用而退化,他们的脑筋简直不行的了。乡下的孩子当然比城市的孩子不灵,粗人的子弟当然比不上书香人的子弟,这是一定的。但我们现在为救这文化的性命,非得赶快就有健全的活力来补充我们受足了过度文明的毒的读书阶级不可。也有人说这读书阶级是不可救药的了,希望如其有,是在我们民族里还未经开化的农民阶级。我的意思是我们应得利用这部分未开凿的精力来补充我们开凿过分的士民阶级。讲到实施,第一得先打破这无形的阶级界限以及省分界限,通婚和婚是必要的,比较地说,广东湖南乃至北方人比江浙人健全得多,乡下人比城里人健全得多,所以江浙人和北方人非得尽量地通婚,城市人非得与农人尽量地通婚不可。但是这话说着容易,实际上是极困难的。讲到结婚,谁愿意放弃自身的艳福,为的是渺茫的民族的前途上,哪一个翩翩的少年甘心放着窈窕风流的江南女郎不要,而去乡村里找粗蠢的大姑娘作配,谁肯不就近结识血统逼近的姨妹表妹乃至于同学妹,而肯远去异乡到口音不相通的外省人中间去寻配偶?这是难的我知道。但希望并不见完全没有——这希望完全是在教育上。第一我们得赶快认清这时代病无非是一种本原病,什么混乱的变态的现象,都无非显示生命的缺乏,这种种病,又都就是直接戕伐生命的,所以我们为要文化与思想的健全,不能不想方法开通路子,使这几洼孤立的呆定的死水重复得到天然泉水的接济,重复灵活起来,一切的障碍与淤塞自然会得消灭——思想非得直接从生命的本体里热烈的迸裂出来才有力量,才是力量。这过度文明的人种非得带它回到生命的本源上去不可,它非得重新生过根不可。按着这个目标,我们在教育上就不能不极力推广教育的机会到健全的农民阶级里去,同时奖励阶级间的通婚。假如国家的力量可以干涉到个人婚姻的话,我们尽可以用强迫的方法叫你们这些翩翩的少年都去娶乡下大姑娘子,而同时把我们窈窕风流的女郎去嫁给农民做媳妇。况且谁知道,我们现在择偶的标准本身就是不健全的。女人要嫁给金钱,奢侈,虚荣,女性的男子;男人的口味也是同样的不妥当。什么都是不健全的,喔,这毒气充塞的文明社会!在我们理想实现的那一天。我们这文化如其有救的话,将来的青年男女一定可以兼有士民与农民的特长,体力与智力得到均平的发展,从这类健全的生命树上,我们可以盼望吃得着美丽鲜甜的思想的果子!

至于我们个人方面，我也有一部分的意见，只是今天时光局促了怕没有机会发挥，但总结一句话，我们要认清我们是什么病，这病毒是在我们一个个你我的身体上，血液里，无容讳言的，只要我们不认错了病多少总有办法。我的意见是要多多接近自然，因为自然是健全的纯正的影响，这里面有无穷尽性灵的滋养与启发与灵感。这完全靠我们个个自觉地修养。我们先得要立志不做时代和时光的奴隶，我们要做我们思想和生命的主人，这暂时的沈闷决不能压倒我们的理想，我们正应得感谢这深刻的沈闷，因为在这里，我们才感悟着一些自度的消息，如我方才说的，我们还是得努力，我们还是得坚持，我们的态度是积极的。正如我两年前《落叶》的结束是喊一声，"Everlasling yea"，我今天还是要你们跟着我来喊一声"Everlasting yea"！

诗歌

草上的露珠儿

草上的露珠儿
  颗颗是透明的水晶球；
新归来的燕儿
  在旧巢里呢喃个不休。

诗人哟！可不是春至人间，
    还不开放你
     创造的喷泉！
嗤嗤！吐不尽南山北山的璠瑜，
    洒不完东海西海的琼珠，
    融和琴瑟箫笙的音韵，
    饮餐星辰日月的光明！
诗人哟！可不是春在人间，
    还不开放你
     创造的喷泉！

这一声霹雳
  震破了漫天的云雾，
显焕的旭日
  又升临在黄金的宝座；
柔软的南风
  吹皱了大海慷慨的面容，
洁白的海鸥
  上穿云下没波自在优游。

诗人哟！可不是趁航的时候，
　　还不准备你
　　　　歌吟的渔舟！
看哟！那白浪里
　　　　金翅的海鲤，
　　　　白嫩的长鲵，
　　　　虾须和蟹脐！
快哟！一头撒网一头放钩
　　　　收！　收！
你父母妻儿亲戚朋友
　　享定了稀世的珍馐。
诗人哟！可不是趁航的时候，
　　　　还不准备你
　　　　歌吟的渔舟！
诗人哟！
　　　　你是时代精神的先觉者哟！
　　　　你是思想艺术的集成者哟！
　　　　你是人天之际的创造者哟！

你的资材是河海风云，
鸟兽花草神鬼蝇蚊，
一言以蔽之：天文地文人文；

你的洪炉是"印曼桀乃欣"
永生的火焰"烟土披里纯"
炼制着诗化美化灿烂的鸿钧。

你是高高在上的云雀天鹨，
纵横四海不问今古春秋，
散布着稀世的音乐锦绣；

你是精神困穷的慈善翁，
你展临真善美的万丈虹，
你居住在真生命的最高峰！

月夜听琴

是谁家的歌声,
和悲缓的琴音,
星茫下,松影间,
有我独步静听。

音波,颤震的音波,
穿破昏夜的凄清;
幽冥,草尖的鲜露,
动荡了我的灵府。

我听,我听,我听出了
琴情,歌者的深心,
枝头的宿鸟休惊,
我们已心心相印。

休道她的芳心忍,
她为你也曾吞声;
休道她淡漠,冰心里
满蕴着热恋的火星。

记否她临别的神情,
满眼的温柔和酸辛,
你握着她颤动的手——

一把恋爱的神经?

记否你临别的心境,
冰流沦彻你全身,
满腔的抑郁,一海的泪——
可怜不自由的魂灵?

松林中的风声哟!
休扰我同情的倾听;
人海中能有几次
恋潮淹没我的心滨?

那边光明的秋月,
已经脱卸了云衣,
仿佛喜声地笑道:
"恋爱是人类的生机!"

我多情的伴侣哟!
我羡你蜜甜的爱唇,
却不道黄昏和琴音
聊就了你我的神交?

"鸽儿呀!
休动休动
我心忡忡,
我泪溶溶;
鸽儿呀,
休动休动,
无儿的我,
忍不住伤痛。"

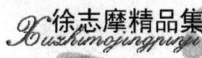

康桥西野暮色

我常以为文字无论韵散的圈点并非绝对的必要。我们口里说笔上写得清利晓畅的时候，段落语气自然分明，何必多添枝叶去加点画。近来我们崇拜西洋了，非但现代做的文字都要循规蹈矩，应用"新圈钟"，就是无辜的圣经贤传红楼水浒，也教一班无事忙的先生，支离宰割，这里添了几只钩，那边画上几枝怕人的黑杠！！！真好文字其实没有圈点的必要，就怕那些"科学的"先生们倒有省事的必要。

你们不要骂我守旧，我至少比你们新些。现在大家喜欢讲新，潮流新的，色彩新的，文艺新的，所以我也只好随波逐流跟着维新。唯其为要新鲜，所以我胆敢主张一部分的诗文废弃圈点。这并不是我的创见，自今以后我们多少免不了仰西洋的鼻息。我想你们应该知道英国的小说家 George Moorec，你们要看过他的名著 Krook Kerith，就知道散文的新定义新趣味新音节。

还有一位爱尔兰人叫做 James Joyce，他在国际文学界的名气恐怕和蓝宁在国际政治界上差不多，一样受人崇拜，受人攻击。他五六年前出了一部 The Portrait of an Artist as Young Man，独创体裁，在散文里开了一个新纪元，恐怕这就是一部不朽的贡献。他又做了一部书叫 Ulysses，英国美国谁都不肯不敢替他印，后来他自己在巴黎印行。这部书恐怕非但是今年，也许是这个时期里的一部独一著作。他书的最后一百页（全书共七百几十页）那真是纯粹的"Prose"，像牛酪一样润滑，像教堂里石坛一样光澄，非但大写字母没有，连，。……？：——；！（）《》等可厌的符号一齐灭迹，也不分章句篇节，只有一大股清丽浩瀚的文章排累而前，像一大匹白罗披泻，一大卷瀑布倒挂，丝毫不露痕迹，真大手笔！

至于新体诗的废句首须大写，废句法点画，更属寻常，用不着引证。但这都是乘便的饶舌。下面一首乱词，并非故意不用句读，实在因为没有句读的必要，所以画好了蛇没有添足上去。

> 一个大红日挂在西天
> 紫云绯云褐云

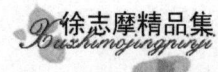

簇簇斑斑田田
青草黄田白水
郁郁密密髻髻
红瓣黑蕊长梗
罂粟花三三两两

一大块透明的琥珀
千百折云凹云凸
南天北天暗暗默默
东天中天舒舒阎阎
宇宙在寂静中构合
太阳在头赫里告别
一阵临风
几声"可可"

一颗大胆的明星
仿佛骄矜的小艇
抵牾着云涛云潮
兀兀漂漂潇潇
侧眼看暮焰沉销
回头见伙伴来了

晚霞在林间田里
晚霞在原上溪底
晚霞在风头风尾
晚霞在村姑眉际

晚霞在燕喉鸦背
晚霞在鸡啼犬吠
晚霞在田陇陌上
陌上田垅行人种种
白发的老妇老翁
屈躬咳嗽龙钟

农夫工罢回家
肩锄手篮口衔菰巴
白衣裳的红腮女郎
攀折几茎白葩红英
笑盈盈瞥人绿荫森森
跟着肥满蓬松的"北京"
罂粟在凉园里摇曳
白杨树上一阵鸦啼
夕照只剩了几痕紫气
满天镶嵌着星巨星细
田里路上寂无声响
榆荫里的村屋微泄灯芒
冉冉有风打树叶的抑扬
前面远远的树影塔光
罂粟老鸦宇宙婴孩
一齐沉沉奄奄眠熟了也

康桥再会罢

康桥,再会罢;
我心头盛满了别离的情绪,
你是我难得的知己,我当年
辞别家乡父母,登太平洋去,
(算来一秋二秋,已过了四度
春秋,浪迹在海外,美土欧洲)
扶桑风色,檀香山芭蕉况味,
平波大海,开拓我心胸神意,
如今都变了梦里的山河,
渺茫明灭,在我灵府的底里;
我母亲临别的泪痕,她弱手
向波轮远去送爱儿的巾色,
海风咸味,海鸟依恋的雅意,
尽是我记忆的珍藏,我每次
摩按,总不免心酸泪落,便想
理箧归家,重向母怀中匐伏,
回复我天伦挚爱的幸福;
我每想人生多少跋涉劳苦,
多少牺牲,都只是枉费无补,
我四载奔波,称名求学,毕竟
在知识道上,采得几茎花草,
在真理山中,爬上几个峰腰,
钧天妙乐,曾否闻得,彩红色,

可仍记得?——但我如何能回答?
我但自喜楼高车快的文明,
不曾将我的心灵污抹,今日
我对此古风古色,桥影藻密,
依然能坦胸相见,惺惺惜别。

康桥,再会吧!
你我相知虽迟,然这一年中
我心灵革命的怒潮,尽冲泻
在你妩媚河身的两岸,此后
清风明月夜,当照见我情热
狂溢的旧痕,尚留草底桥边,
明年燕子归来,当记我幽叹
音节,歌吟声息,缦烂的云纹
霞彩,应反映我的思想情感,
此日撒向天空的恋意诗心,
赞颂穆静腾辉的晚景,清晨
富丽的温柔;听!那和缓的钟声
解释了新秋凉绪,旅人别意,
我精魂腾跃,满想化入音波,
震天彻地,弥盖我爱的康桥,
如慈母之于睡儿,缓抱软吻;
康桥!汝永为我精神依恋之乡!
此去身虽万里,梦魂必常绕
汝左右,任地中海疾风东指,
我亦必迂道西回,瞻望颜色;
归家后我母若问海外交好,
我必首数康桥;在温情冬夜
腊梅前,再细辨此日相与况味;
设如我星明有福,素愿竟酬,
则来春花香时节,当复西航,
重来此地,再捡起诗针诗线,
绣我理想生命的鲜花,实现

年来梦境缠绵的销魂踪迹,
散香柔韵节,增媚河上风流;
故我别意虽深,我愿望亦密,
昨宵明月照林,我已向倾吐
心胸的蕴积,今晨雨色凄清,
小鸟无欢,难道也为是怅别
情深,累藤长草茂,涕泪交零!

康桥!山中有黄金,天上有明星,
人生至宝是情爱交感,即使
山中金尽,天上星散,同情还
永远是宇宙间不尽的黄金,
不昧的明星,赖你和悦宁静
的环境,和圣洁欢乐的光阴,
我心我智,方始经爬梳洗涤,
灵苗随春草怒生,沐日月光辉,
听自然音乐,哺啜古今不朽
——强半汝亲栽育——的文艺精:
恍登万丈高峰,猛回头惊见
真善美浩瀚的光华,覆翼在
人道蠕动的下界,朗然照出
生命的经纬脉络,血赤金黄,
尽是爱主恋神的亲勤手绩;
康桥!你岂非是我生命的泉源?
你惠我珍品,数不胜数;最难忘
骞士德顿桥下的星磷坝乐,
弹舞殷勤,我常夜半凭阑干,
倾听牧地黑野中倦牛夜嚼,
水草间鱼跃虫嗤,轻挑静寞;
难忘春阳晚照,泼翻一海纯金,
淹没了寺塔钟楼,长垣短堞,
千百家屋顶烟突,白水青山,
难忘茂林中老树纵横;巨干上

黛薄茶青,却教斜刺的朝霞,
抹上些微胭脂春意,忸怩神色;
难忘七月的黄昏,远树凝寂,
像墨泼的山形,衬出轻柔暝色,
密稠稠,七分鹅黄,三分橘绿,
那妙意只可去秋梦边缘捕捉;
难忘榆荫中深宵清啭的诗禽,
一腔情势,教玫瑰嗡泪点首,
满天星环舞幽吟,款住远近
浪漫的梦魂,深深迷恋香境;
难忘村里姑娘的腮红颈白;
难忘屏绣康河的垂柳婆娑,
婀娜的克莱亚,硕美的校友居;
——但我如何能尽数,总之此地
人天妙合,虽微如寸芥残垣,
亦不乏纯美精神:流贯其间,
而此精神,正如宛次宛士所谓
"通我血液,浃我心脏",有"镇驯
矫饬之功";我此去虽归乡土,
而临行怫怫,转若离家赴远;
康桥!我故里闻此,能弗怨汝
僭爱,然我自有谠言代汝答付;
我今去了,记好明春新杨梅
上市时节,盼我含笑归来
再见吧,我爱的康桥!

北方的冬天是冬天

北方的冬天是冬天!
满眼黄沙漠漠的地与天;
赤膊的树枝,硬搅着北风光——
一队队敢死的健儿,傲立在战阵前!
不留半片残青,没有一丝黏恋,
只拼着精光的筋骨;凝敛着生命的精液,
耐,耐三冬的霜鞭与雪拳与风剑,
直耐到春阳征服了消杀与枯寂与凶惨,
直耐到春阳打开了生命的牢监,放出一瓣的树头鲜!
直耐到忍耐的奋斗功效见,健儿克敌回家酣笑颜!
北方的冬天是冬天!
满眼黄沙茫茫的地与天;
田里一只呆顿的黄牛,
西天边画出几线的悲鸣雁。

一月二十二

月下待杜鹃不来

看一回凝静的桥影,
数一数螺钿的波纹,
我倚暖了石阑的青苔,
青苔凉透了我的心坎;

月儿,你休学新娘羞,
把锦被掩盖你光艳首,
你昨宵也在此勾留,
可听她允许今夜来否?

听远村寺塔的钟声,
像梦里的轻涛吐复收,
省心海念潮的涨歇,
依稀漂泊踉跄的孤舟;
水粼粼,夜冥冥,思悠悠,
何处是我恋的多情友;
风飕飕,柳飘飘,榆钱斗斗,
令人长忆伤春的歌喉。

石虎胡同七号

我们的小园庭,有时荡漾着无限温柔:
善笑的藤娘,袒酥怀任团团的柿掌绸缪,
百尺的槐翁,在微风中俯身将棠姑抱搂,
黄狗在篱边,守候睡熟的珀儿,他的小友,
小雀儿新制求婚的艳曲,在媚唱无休——
我们的小园庭,有时荡漾着无限温柔。

我们的小园庭,有时淡描着依稀的梦景:
雨过的苍茫与满庭荫绿,织成无声幽暝,
小蛙独坐在残兰的胸前,听隔院蚓鸣,
一片化不尽的雨云,倦展在老槐树顶,
掠檐前作圆形的舞旋,是蝙蝠,还是蜻蜓?——
我们的小园庭,有时淡描着依稀的梦景。

我们的小园庭,有时轻喟着一声奈何:
奈何在暴风雨时,雨棰下捣烂鲜红无数,
奈何在新秋时,未凋的青叶惆怅地辞树,
奈何在深夜里,月儿乘云艇归去,西墙已度,
远巷薤露的乐音,一阵阵被冷风吹过——
我们的小园庭,有时轻喟着一声奈何。

我们的小园庭,有时沉浸在快乐之中:
雨后的黄昏,满院只美荫,清香与凉风,
大量的蹇翁,巨樽在手,蹇足直指天空,
一斤,两斤,杯底喝尽,满怀酒欢,满面酒红,
连珠的笑声中,浮沉着神仙似的酒翁——
我们的小园庭,有时沉浸在快乐之中。

先生！先生

钢丝的车轮
在偏僻的小巷内飞奔——
"先生，我给先生请安您哪，先生。"

迎面一蹲身
一个单布褂的女孩颤动着呼声——
雪白的车轮在冰冷的北风里飞奔。

紧紧的跟，紧紧的跟，
破烂的孩子追赶着铄亮的车轮——
"先生，可怜我一大化吧，善心的先生！"

"可怜我的妈，
她又饿又冻又病，躺在道儿边直呻——
您修好，赏给我们一顿窝窝头，您哪，先生！"

"没有带子儿。"
坐车的先生说，车里戴大皮帽的先生——
飞奔，急转的双轮，紧追，小孩的呼声。

一路旋风似的土尘，
土尘里飞转着银晃晃的车轮——
"先生，可是您出门不能不带钱您哪，先生。"

"先生！……先生！"
紫涨的小孩，气喘着，断续的呼声——
飞奔，飞奔，橡皮的车轮不住的飞奔。

飞奔……先生……
飞奔……先生……
先生……先生……先生……

盖上几张油纸

一片,一片,半空里
　　掉下雪片;
有一个妇人,有一个妇人,
　　独坐在阶沿。

虎虎的,虎虎的,风响
　　在树林间;
有一个妇人,有一个妇人,
　　独自在哽咽。

为什么伤心,妇人,
　　这大冷的雪天?
为什么啼哭,莫非是
　　失掉了钗钿?

不是的,先生,不是的
　　不是为钗钿;
也是的,也是的,我不见了
　　我的心恋。

那边松林里,山脚下,先生。
　　有一只小木匣,
装着我的宝贝,我的心,

三岁儿的嫩骨!

昨夜我梦见我的儿:
　　叫一声"娘呀——
天冷了,天冷了,天冷了,
　　儿的亲娘呀!"

今天果然下大雪,屋檐前
　　望得见冰条,
我在冷冰冰的被窝里摸——
　　摸我的宝宝。

方才我买来几张油纸,
　　盖在儿的床上;
我唤不醒我熟睡的儿——
　　我因此心伤。

一片,一片,半空里
　　掉下雪片;
有一个妇人,有一个妇人,
　　独坐在阶沿。

虎虎的,虎虎的,风响
　　在树林间;
有一个妇人,有一个妇人,
　　独自在哽咽。

夜半松风

这是冬夜的山坡，
坡下一座冷落的僧庐，
庐内一个孤独的梦魂：
　　在忏悔中祈祷，在绝望中沉沦——

为什么这怒嗷，这狂啸，
鼍鼓与金钲与虎与豹？
为什么这幽诉，这私慕，
烈情的惨剧与人生的坎坷——
　　又一度潮水似的淹没了
这彷徨的梦魂与冷落的僧庐？

去 罢

去罢,人间,去罢!
　我独立在高山的峰上;
去罢,人间,去罢!
　我面对着无极的穹苍。

去罢,青年,去罢!
　与幽谷的香草同埋;
去罢,青年,去罢!
　悲哀付与暮天的群鸦。

去罢,梦乡,去罢!
　我把幻景的玉杯摔破;
去罢,梦乡,去罢!
　我笑受山风与海涛之贺。

去罢,种种,去罢!
　当前有插天的高峰;
去罢,一切,去罢!
　当前有无穷的无穷!

一九二四年四月作

沙扬娜拉一首

赠日本女郎

最是那一低头的温柔,
像一朵水莲花不胜凉风的娇羞,
道一声珍重,道一声珍重,
那一声珍重里有蜜甜的忧愁——
沙扬娜拉!

庐山石工歌

一

唉浩！唉浩！唉浩！
　唉浩！唉浩！
我们起早,唉浩！
　看东方晓,唉浩！东方晓！
唉浩！唉浩！
　鄱阳湖低！唉浩,庐山高！
　　唉浩,庐山高;唉浩,庐山高;
唉浩！庐山高！
　唉浩！唉浩！唉浩！
　　唉浩！唉浩！

二

浩唉！浩唉！浩唉！
　浩唉！浩唉！
我们早起,浩唉！
看白云低,浩唉！白云飞！
　浩唉！浩唉
天气好,浩唉！上山去！
　浩唉,上山去;浩唉,上山去;
　浩唉！上山去！
　　浩唉！浩唉！……浩唉！

浩唉！浩唉！

三

浩唉！浩唉！浩唉！

唉浩！唉浩！唉浩！

浩唉！浩唉！浩唉！

唉浩！唉浩！唉浩！

　　太阳好，唉浩，太阳焦，

　　　　赛如火烧，唉浩！

大风起，浩唉，白云铺地；

　　当心脚底，浩唉；

　　　　浩唉，电闪飞，唉浩，大雨暴；

天昏，唉浩，地黑，浩唉！

　　天雷到，浩唉，天雷到！

　　唉浩，鄱阳湖低！浩唉，五老峰高！

　　浩唉，上山去！唉浩，上山去！

唉浩，上山去！

　　　唉浩，鄱阳湖低！浩唉，庐山高！

唉浩，上山去！唉浩，上山去！

　　唉浩，上山去！

浩唉！浩唉！浩唉！

　　浩唉！！浩唉！浩唉！

浩唉！！浩唉！浩唉！

浩唉！浩唉！浩唉！

雪花的快乐

假如我是一朵雪花，
翩翩的在半空中潇洒，
　我一定认清我的方向——
　　飞飏，飞飏，飞飏——
这地面上有我的方向。

不去那冷寞的幽谷，
不去那凄清的山麓，
　也不上荒街去惆怅——
　　飞飏，飞飏，飞飏——
你看，我有我的方向！

在半空里娟娟的飞舞，
认明了那清幽的住处，
　等着她来花园里探望——
　　飞飏，飞飏，飞飏——
啊，她身上有朱砂梅的清香！
那时我凭借我的身轻，
盈盈的，沾住了她的衣襟，
　贴近她柔波似的心胸——
　　消溶，消溶，消溶——
溶入了她柔波似的心胸！

不再是我的乖乖

一

前天我是一个小孩，
这海滩最是我的爱；
早起的太阳赛如火炉，
趁暖和我来做我的工夫：
捡满一衣兜的贝壳，
在这海砂上起造宫阙：
哦，这浪头来得凶恶，
冲了我得意的建筑——
我喊一声海，海！
你是我小孩儿的乖乖！

二

昨天我是一个"情种"，
到这海滩上来发疯；
西天的晚霞慢慢的死，
血红变成姜黄又变紫，
一颗星在半空里窥伺，
我匍伏在砂堆里画字，
一个字，一个字，又一个字，
谁说不是我心爱的游戏？
我喊一声海，海！

不许你有一点儿的更改!

三

今天!咳,为什么要有今天?
不比从前,没了我的疯癫,
再没有小孩时的新鲜,
这回再不来这大海的边沿!
头顶不见天光的方便,
海上只暗沉沉的一片,
暗潮侵蚀了砂字的痕迹,
却冲不淡我悲惨的颜色——
我喊一声海,海!
你从此不再是我的乖乖!

这是一个懦怯的世界

这是一个懦怯的世界:
　　容不得恋爱,容不得恋爱!
披散你的满头发,
赤露你的一双脚;
　　跟着我来,我的恋爱,
抛弃这个世界
殉我们的恋爱!

我拉着你的手,
爱,你跟着我走;
　　听凭荆棘把我们的脚心刺透,
　　听凭冰雹劈破我们的头,
你跟着我走,
我拉着你的手,
　　逃出了牢笼,恢复我们的自由!

　　跟着我来,
　　我的恋爱!
人间已经掉落在我们的后背——
看呀,这不是白茫茫的大海?
白茫茫的大海,
白茫茫的大海,
　　无边的自由,我与你与恋爱!

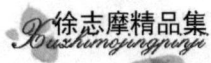

顺着我的指头看,
那天边一小星的蓝——
　　那是一座岛,岛上有青草,
　　鲜花,美丽的走兽与飞鸟;
快上这轻快的小艇,
去到那理想的天庭——
　　恋爱,欢允,自由——
　　辞别了人间,永远!

那一点神明的火焰

又是一个深夜，寂寞的深夜，
　　在山中，
浓雾里不见月影，星光，
　　就只我：
一个冥蒙的黑影，踯躅的
　　沉思，
沉思的踯躅，在深夜，在山中，
　　在雾里，
我想着世界，我的身世；懊怅，
　　凄迷，
灭绝的希冀，又在我的心里
　　惊悸，
摇曳，像雾里的草须；她
　　在哪里？
阿！她；这深夜，这浓雾，
　　烟没了
天外的星光与月彩，却
　　遮不住
那一点的光明，永远的，永远的，
　　像一星
宝石似的火花，在我灵魂的底里；
　　我正愿，
我愿保持这不朽的灵光，直到

那一天
时间要求我的尘埃;我的心停止了
　　跳动,
在时间浩瀚的尘埃里,却还存着
　　那一点——
那一点神明的火焰,跳动,光艳,
　　不变!
　　不变!

苏 苏

苏苏是一个痴心的女子：
　　　像一朵野蔷薇，她的丰姿；
　　　像一朵野蔷薇，她的丰姿——
来一阵暴风雨，摧残了她的身世。

这荒草地里有她的墓碑：
　　　淹没在蔓草里，她的伤悲；
　　　淹没在蔓草里，她的伤悲——
啊，这荒土里化生了血染的蔷薇！

那蔷薇是痴心女的灵魂，
　　　在清早上受清露的滋润，
　　　到黄昏里有晚风来温存，
更有那长夜的慰安，看星斗纵横。

你说这应分是她的平安？
　　　但运命又叫无情的手来攀，
　　　攀，攀尽了青条上的灿烂——
可怜呵，苏苏她又遭一度的摧残！

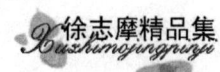

翡冷翠的一夜

你真的走了,明天?那我,那我……
你也不用管,迟早有那一天;
你愿意记着我,就记着我,
要不然趁早忘了这世界上
有我,省得想起时空着恼。
只当是一个梦,一个幻想;
只当是前天我们见的残红,
怯怜怜的在风前抖擞,一瓣,
两瓣,落地,叫人踩,变泥……
唉,叫人踩,变泥——变了泥倒干净,
这半死不活的才叫是受罪,
看着寒伧,累赘,叫人白眼——
天呀!你何苦来,你何苦来……
我可忘不了你,那一天你来,
就比如黑暗的前途见了光彩。
你是我的先生,我爱,我的恩人,
你教给我什么是生命,什么是爱;
你惊醒我的昏迷,偿还我的天真,
没有你我哪知道天是高,草是青?
你摸摸我的心,它这下跳得多快;
再摸我的脸,烧得多焦,亏这夜黑
看不见;爱,我气都喘不过来了,
别亲我了;我受不住这烈火似的活,

这阵子我的灵魂就像是火砖上的
熟铁,在爱的锤子下,砸,砸,火花
四散的飞洒……我晕了,抱着我,
爱,就让我在这儿清静的园内,
闭着眼,死在你的胸前,多美!
头顶白杨树上的风声,沙沙的,
算是我的丧歌;这一阵清风,
橄榄林里吹来的,带着石榴花香,
就带了我的灵魂走;还有那萤火,
多情的殷勤的萤火,有他们照路,
我到了那三环洞的桥上再停步。
听你在这儿抱着我半暖的身体,
悲声的叫我,亲我,摇我,咂我……
我就微笑的再跟着清风走,
随他领着我,天堂,地狱,哪儿都成,
反正丢了这可厌的人生,实现这死
在爱里,这爱中心的死,不强如
五百次的投生?……自私,我知道,
可我也管不着……你伴着我死?
什么,不成双就不是完全的"爱死",
要飞升也得两对翅膀儿打伙,
进了天堂还不一样的要照顾,
我少不了你,你也不能没有我;
要是地狱,我单身去你更不放心,
你说地狱不定比这世界文明
(虽则我不信),像我这娇嫩的花朵,
难保不再遭风暴,不叫雨打。
那时候我喊你,你也听不分明——
那不是求解脱反投进了泥坑,
倒叫冷眼的鬼串通了冷心的人,
笑我的命运,笑你懦怯的粗心?
这话也有理,那叫我怎么办呢?
活着难,太难,就死也不得自由,

我又不愿你为我牺牲你的前程……
唉！你说还是活着等，等那一天！
有那一天吗？——你在，就是我的信心！
可是天亮你就得走，你真的忍心
丢了我走？我又不能留你，这是命；
但这花，没有阳光晒，没有甘露浸，
不死也不免瓣尖儿焦萎，多可怜！
你不能忘我，爱，除了在你的心里，
我再没有命；是，我听你的话，我等！
等铁树儿开花我也得耐心等！
爱，你永远是我头顶的一颗明星：
要是不幸死了，我就变一个萤火，
在这园里，挨着草根，暗沉沉的飞——
黄昏飞到半夜，半夜飞到天明，
只愿天空不生云；我望得见天，
天上那颗不变的大星，那是你——
但愿你为我多放光明，隔着夜，
隔着天，通着恋爱的灵犀一点……

一九二五年六月十一日

海 韵

一

"女郎,单身的女郎,
　你为什么留恋
　　这黄昏的海边?——
女郎,回家吧,女郎!"
"阿不;回家我不回,
　我爱这晚风吹"——
　　在沙滩上,在暮霭里,
有一个散发的女郎——
　　　　徘徊,徘徊。

二

"女郎,散发的女郎,
　你为什么彷徨
　　在这冷清的海上?
女郎,回家吧,女郎!"
"阿不;你听我唱歌,
　大海,我唱,你来和"——
　　在星光下,在凉风里,
轻荡着少女的清音——
　　　　高吟,低哦。

三

"女郎,胆大的女郎!
　那天边扯起了黑幕;
　这顷刻间有恶风波——
女郎,回家吧,女郎!"
"阿不;你看我凌空舞,
　　学一个海鸥没海波"——
　　在夜色时,在沙滩上,
急旋着一个苗条的身影——
婆娑,婆娑。

四

"听呀,那大海的震怒,
　女郎,回家吧,女郎!
看呀,那猛盖似的海波,
　女郎,回家吧,女郎!
"阿不;海波他不来吞我,
　我爱这大海的颠簸!"——
　　在潮声里,在波光里,
啊,一个慌张的少女在海沫里——
　　蹉跎,蹉跎。

五

"女郎,在哪里,女郎?
在哪里,你嘹亮的歌声?
在哪里,你窈窕的身影?
　在哪里,啊,勇敢的女郎?"——
黑夜吞没了星辉,
　这海边再没有光芒;
海潮吞没了沙滩,
　沙滩上再不见女郎——
　　再不见女郎!

多谢天!
我的心又一度的跳荡

多谢天!我的心又一度的跳荡,
这天蓝与海青与明洁的阳光,
驱净了梅雨时期无欢的踪迹,
也散放了我心头的网罗与纽结,
像一朵曼陀罗花英英的露爽,
在空灵与自由中忘却了迷惘——
迷惘,迷惘!也不知来自何处,
囚禁着我心灵的自然的流露,
可怖的梦魇,黑夜无边的惨酷,
苏醒的盼切,只增剧灵魂的麻木!

曾经有多少的白昼,黄昏,清晨,
嘲讽我这蚕茧似不生产的生存?
也不知有几遭的明月,星群,晴霞,
山岭的高亢与流水的光华⋯⋯
辜负!辜负自然界叫唤的殷勤,
惊不醒这沉醉的昏迷与顽冥!

如今,多谢这无名的博大的光辉,
在艳色的青波与绿岛间萦洄,
更有那渔船与航影,亭亭的粘附
在天边,唤起辽远的梦景与梦趣:

我不由的惊悚,我不由的感愧
(有时微笑的妩媚是启悟的棒槌!)
是何来倏忽的神明,为我解脱
忧愁,新竹似的豁裂了外箨,
透露内里的青篁?又为我洗净
障眼的盲翳,重见宇宙间的欢欣?

这或许是我生命重新的机兆。
大自然的精神!容纳我的祈祷,
容许我的不踌躇的注视,容许
我的热情的献致,容许我保持
这显示的神奇,这现在与此地,
这不可比拟的一切间隔的毁灭!
我更不问我的希望,我的惆怅,
未来与过去只是渺茫的幻想,
更不向人间访问幸福的进门,
只求每时分给我不死的印痕——
变一颗埃尘,一颗无形的埃尘,
追随着造化的车轮,进行,进行……

一九二五年三月前作

我有一个恋爱

我有一个恋爱——
我爱天上的明星；
我爱它们的晶莹：
　人间没有这异样的神明。

在冷峭的暮冬的黄昏，
在寂寞的灰色的清晨，
在海上，在风雨后的山顶——
　永远有一颗，万颗的明星！

山涧边小草花的知心，
高楼上小孩童的欢欣，
旅行人的灯亮与南针——
　万万里外闪烁的精灵！

我有一个破碎的魂灵，
像一堆破碎的水晶，
散布在荒野的枯草里——
　饱啜你一瞬瞬的殷勤。

人生的冰激与柔情，
我也曾尝味，我也曾容忍；
有时阶砌下蟋蟀的秋吟，

引起我心伤,逼迫我泪零。

我袒露我的坦白的胸襟,
　　献爱与一天的明星;
任凭人生是幻是真,
地球存在或是消泯——
　　太空中永远有不昧的明星!

落叶小唱

一阵声响转上了阶沿
（我正挨近着梦乡边；）
这回准是她的脚步了，我想——
　　　在这深夜！
一声剥啄在我的窗上
（我正靠紧着睡乡旁；）
这准是她来闹著玩——你看，
　　　我偏不张皇！
一个声息贴近我的床，
我说（一半是睡梦，一半是迷惘：）——
"你总不能明白我，你又何苦
　　　多叫我心伤！"

一声喟息落在我的枕边
（我已在梦乡里留恋；）
"我负了你"你说——你的热泪
　　　烫著我的脸！

这声响恼着我的梦魂
（落叶在庭前舞，一阵，又一阵；）
梦完了，呵，回复清醒；恼人的——
　　　却只是秋声！

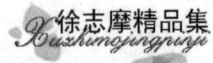

偶 然

我是天空里的一片云，
偶尔投影在你的波心——
　　你不必讶异，
　　更无须欢喜——
在转瞬间消灭了踪影。

你我相逢在黑夜的海上，
你有你的，我有我的，方向；
　　你记得也好，
　　最好你忘掉，
在这交会时互放的光亮！

一九二六年五月中旬作

两地相思

一

他——

今晚的月亮像她的眉毛,
　这弯弯的够多俏!
今晚的天空像她的爱情,
　这蓝蓝的够多深!
那样多是你的,我听她说,
　你再也不用多疑惑;
给你这一团火,她的香唇,
　还有她更热的腰身!
谁说做人不该多吃点苦?——
　吃到了底才有数。
这来可苦了她,盼死了我,
　半年不是容易过!
她这时候,我想,正靠着窗,
　手托着俊俏脸庞,
在想,一滴泪正挂在腮旁,
　像露珠沾上草尖;
在半忧愁半欢喜的预计,
　计算着我的归期:
啊,一颗纯洁的爱我的心,

那样的专！那样的真！
还不催快你的胯下的牲口，
　　趁月光清水似流，
趁月光清水似流，赶回家
　　去亲你唯一的她！

二

　　她——

今晚的月色又使我想起
　　我半年前的昏迷，
那晚我不该喝那三杯酒，
　　添了我一世的愁；
我不该把自由随手给扔——
　　活该我今儿的闷！
他待我倒真是一片至诚，
　　像竹园里的新笋，
不怕风吹，不怕雨打一样，
　　他还是往上滋长；
他为我吃尽受了苦，就为我
　　他今天还在奔波——
我又没有勇气对他明讲
　　我改变了的心肠！
今晚月儿弓样，到月圆时
　　我，我如何能躲避！
我怕，我爱，这来我真是难，
　　恨不能往地底钻：
可是你，爱，永远有我的心，
　　听凭我是浮是沉：
他来时要抱，我就让他抱，
　　（这葫芦不破的好，）
但每回我让他亲——我的唇，
　　爱，亲的是你的吻！

我不知道风是在哪一个方向吹

我不知道风
是在哪一个方向吹——
我是在梦中,
在梦的轻波里依洄。

我不知道风
是在哪一个方向吹——
我是在梦中,
她的温存,我的迷醉。

我不知道风
是在哪一个方向吹——
我是在梦中,
甜美是梦里的光辉。

我不知道风
是在哪一个方向吹——
我是在梦中,
她的负心,我的伤悲。

我不知道风

是在哪一个方向吹——
我是在梦中,
在梦的悲哀里心碎!

我不知道风
是在哪一个方向吹——
我是在梦中,
黯淡是梦里的光辉。

恋爱到底是什么一回事

恋爱他到底是什么一回事？——
他来的时候我还不曾出世；
太阳为我照上了二十几个年头，
我只是个孩子，认不识半点愁；
忽然有一天——我又爱又恨那一天——
我心坎里痒齐齐的有些不连牵，
那是我这辈子第一次的上当，
有人说是受伤——你摸摸我的胸膛——
他来的时候我还不曾出世，
恋爱他到底是什么一回事？

这来我变了，一只没笼头的马，
跑遍了荒凉的人生的旷野；
又像是那古时间献璞玉的楚人，
手指着心窝，说这里面有真有真，
你不信时一刀拉破我的心头肉，
看那血淋淋的一掬是玉不是玉；
血！那无情的宰割，我的灵魂！
是谁逼迫我发最后的疑问？

疑问！这回我自己幸喜我的梦醒，
上帝，我没有病，再不来对你呻吟！
我再不想成仙，蓬莱不是我的家；
我只要这地面，情愿安分的做人——
从此再不问恋爱是什么一回事，
反正他来的时候我还不曾出世！

他眼里有你

我攀登了万仞的高冈,
荆棘扎烂了我的衣裳,
我向飘渺的云天外望——
　　上帝,我望不见你!

我向坚厚的地壳里掏,
捣毁了蛇龙们的老巢,
在无底的深潭里我叫——
　　上帝,我听不到你!

我在道旁见一个小孩:
活泼,秀丽,褴褛的衣衫;
他叫声妈,眼里亮着爱——
　　上帝,他眼里有你!

十一月二日星家坡

再别康桥

轻轻的我走了,
　　正如我轻轻的来;
我轻轻的招手,
　　作别西天的云彩。

那河畔的金柳,
　　是夕阳中的新娘;
波光里的艳影,
　　在我的心头荡漾。

软泥生的青荇,
　　油油的在水底招摇;
在康河的柔波里,
　　我甘心做一条水草!

那榆荫下的一潭,
　　不是清泉,是天上虹;
揉碎在浮藻间,
　　沉淀着彩虹似的梦。

寻梦?撑一支长篙,
　　向青草更青处漫溯,
满载一船星辉,

在星辉斑斓里放歌。

但我不能放歌,
　　悄悄是别离的笙箫;
夏虫也为我沉默,
　　沉默是今晚的康桥!

悄悄的我走了,
　　正如我悄悄的来;
我挥一挥衣袖,
　　不带走一片云彩。

十一月六日中国海上

枉　然

你枉然用手锁着我的手，
女人，用口嚰住我的口，
枉然用鲜血注入我的心
火烫的泪珠见证你的真；

迟了，你再不能叫死的复活，
从灰土里唤起原来的神奇：
纵然上帝怜念你的过错，
他也不能拿爱再交给你！

生 活

阴沉，黑暗，毒蛇似的蜿蜒，
生活逼成了一条甬道：
一度陷入，你只可向前，
手扪索着冷壁的粘潮，

在妖魔的脏腑内挣扎，
头顶不见一线的天光，
这魂魄，在恐怖的压迫下，
除了消灭更有什么愿望？

五月二十九日

在病中

我是在病中,这恹恹的倦卧,
看窗外云天,听木叶在风中……
是鸟语吗?院中有阳光暖和,
一地的衰草,墙上爬着藤萝,
有三五斑猩的,苍的,在颤动。
一半天也成泥……
　　　　　城外,啊西山!
太辜负了,今年,翠微的秋容!
那山中的明月,有弯,也有环;
黄昏时谁在听白杨的哀怨?
谁在寒风里赏归鸟的群喧?
有谁上山去漫步,静悄悄的,
去落叶林中捡三两瓣菩提?
有谁去佛殿上披拂着尘封,
在夜色里辨认金碧的神容?

这病中心情:一瞬瞬的回忆,
如同天空,在碧水潭中过路,
透映在水纹间斑驳的云翳;
又如阴影闪过虚白的墙隅,
瞥见时似有,转眼又复消散;
又如缕缕炊烟,才袅袅,又断……
又如暮天里不成字的寒雁,

飞远,更远,化入远山,化作烟!
又如在暑夜看飞星,一道光
碧银银的抹过,更不许端详。
又如兰蕊的清芬偶尔飘过,
谁能留住这没影踪的婀娜?
又如远寺的钟声,随风吹送,
在春宵,轻摇你半残的春梦!

一九三一年五月续成七年前残稿

车 眺

一

我不能不赞美
这向晚的五月天；
怀抱着云和树
那些玲珑的水田。

二

白云穿掠着晴空，
像仙岛上的白燕！
晚霞正照着它们，
白羽镶上了金边。

三

背着轻快的晚凉，
牛，放了工，呆着做梦；
孩童们在一边蹲；
想上牛背，美，逞英雄！

四

在绵密的树荫下
有流水，有白石的桥，
桥洞下早来了黑夜，

流水里有星在闪耀。

五

绿是豆畦,阴是桑树林,
幽郁是溪水傍的草丛,
静是这黄昏时的田景,
但你听,草虫们的飞动!

六

月亮在昏黄里上妆,
太阳心慌的向天边跑;
他怕见她,他怕她见——
怕她见笑一脸的红糟!

云　游

那天你翩翩地在空际云游，
自在，轻盈，你本不想停留
在天的那方或地的那角，
你的愉快是无拦阻的逍遥。
你更不经意在卑微的地面
有一流涧水，虽则你的明艳
在过路时点染了他的空灵，
使他惊醒，将你的倩影抱紧。

他抱紧的只是绵密的忧愁，
因为美不能在风光中静止；
他要，你已飞渡万重的山头，
去更阔大的湖海投射影子！
他在为你消瘦，那一流涧水，
在无能的盼望，盼望你飞回！

日记集

爱眉小札

一九二五年八月九日——三十一日北京

一九二五年九月五日——十七日上海

八月九日起日记

"幸福还不是不可能的",这是我最近的发现。

今天早上的时刻,过得甜极了。我只要你,有你我就忘却一切,我什么都不想什么都不要了,因为我什么都有了。与你在一起没有第三人时,我最乐。坐着谈也好,走道也好,上街买东西也好。厂甸我何尝没有去过,但哪有今天那样的甜法;爱是甘草,这苦的世界有了它就好上口了。眉,你真玲珑,你真活泼,你真像一条小龙。

我爱你朴素,不爱你奢华。你穿上一件蓝布袍,你的眉目间就有一种特异的光彩,我看了心里就觉着不可名状的欢喜。朴素是真的高贵。你穿戴齐整的时候当然是好看,但那好看是寻常的,人人都认得的,素服时的眉,有我独到的领略。

"玩人丧德,玩物丧志",这话确有道理。

我恨的是庸凡,平常,琐细,俗;我爱个性的表现。

我的胸膛并不大,决计装不下整个或是甚到部分的宇宙。我的心河也不够深,常常有露底的忧愁。我即使小有才,决计不是天生的,我信是勉强来的;所以每回我写什么多少总是难产,我惟一的靠傍是雰那间的灵通。我不能没有心的平安,眉,只有你能给我心的平安。在你完全的蜜甜的高贵的爱里,我享受无上的心与灵的平安。

凡事开不得头,开了头便有重复,甚至成习惯的倾向。在恋中人也得提防小漏缝儿,小缝儿会变大窟窿,那就糟了。我见过两相爱的人因为小事情误会斗口,结果只有损失,没有利益。我们家乡俗谚有:"一天相骂十八头,夜夜睡在一横头",意思说是好夫妻也免不了吵。我可不信,我信合理的生活动机是爱,知识是南针;爱的生活也不能纯粹靠感情,彼此的了解是不可少的。爱是帮助了解的力,了解是爱的成熟,最高的了解是灵魂的化合,那是爱的圆满功德。

没有一个灵性不是深奥的,要懂得真认识一个灵性,是一辈子的工作。这工夫愈下愈有味,像逛山似的,惟恐进得不深。

眉,你今天说想到乡间去过活,我听了顶欢喜,可是你得准备吃苦。总有一天我引你到一个地方,使你完全转变你的思想与生活的习惯。你这孩子其实是太娇养惯了!我今天想起丹农雪乌的《死的胜利》的结局;但中国人,哪配!眉,你我从今起对爱的生活负有做到它十全的义务。我们应得努力。眉,你怕死吗?眉,你怕活吗?活比死难得多!眉,老实说,你的生活一天不改变,我一天不得放心。但北京就是阻碍你新生命的一个大原因,因此我不免发愁。

我从前的束缚是完全靠理性解开的;我不信你的就不能用同样的方法。万事只要自己决心;决心与成功间的是最短的距离。

往往一个人最不愿意听的话,是他最应得听的话。

八月十日

我六时就醒了,一醒就想你来谈话,现在九时半了,难道你还不曾起身,我等急了。

我有一个心，我有一个头，我心动的时候，头也是动的。我真应得谢天，我在这一辈子里，本来自问已是陈死人，竟然还能尝着生活的甜味，曾经享受过最完全，最奢侈的时辰，我从此是一个富人，再没有抱怨的口实，我已经知足。这时候，天坍了下来，地陷了下去，霹雳种在我的身上，我再也不怕死，不愁死，我满心只是感谢。即使眉你有一天（恕我这不可能的设想）心换了样，停止了爱我，那时我的心就像莲蓬似的栽满了窟窿，我所有的热血都从这些窟窿里流走——即使有那样悲惨的一天，我想我还是不敢怨的，因为你我的心曾经一度灵通，那是不可灭的。上帝的意思到处是明显的，他的发落永远是平正的；我们永远不能批评，不能抱怨。

八月十一日

这过的是什么日子！我这心上压得多重呀！眉，我的眉，怎么好呢？刹那间有千百件事在方寸间起伏，是忧，是虑，是瞻前，是顾后，这笔上哪能写出？眉，我怕，我真怕世界与我们是不能并立的，不是我们把他们打毁成全我们的话，就是他们打毁我们，逼迫我们的死。眉，我悲极了，我胸口隐隐的生痛，我双眼盈盈的热泪，我就要你，我此时要你，我偏不能有你，喔，这难受——恋爱是痛苦，是的眉，再也没有疑义。眉，我恨不得立刻与你死去，因为只有死可以给我们想望的清静，相互的永远占有。眉，我来献全盘的爱给你，一团火热的真情，整个儿给你，我也盼望你也一样拿整个，完全的爱还我。

世上并不是没有爱，但大多是不纯粹的，有漏洞的，那就不值钱，平常，浅薄。我们是有志气的，决不能放松一屑屑，我们得来一个直纯的榜样。眉，这恋爱是大事情，是难事情，是关生死超生死的事情——如其要到真的境界，那才是神圣，那才是不可侵犯。有同情的朋友是难得的，我们现有少数的朋友，就思想见解论，在中国是第一流。他们都是真爱你我，看重你我，期望你我的。他们要看我们做到一般人做不到的事，实现一般人梦想的境界。他们，我敢说，相信你我有这天赋，有这能力；他们的期望是最难得的，但同时你我负着的责任，那不是玩儿。对己，对友，对社会，对天，我们有奋斗到底，做到十全的责任！眉，你知道我这来心事重极了，晚上睡不着不说，睡着了就来怖梦，种种的顾虑整天像刀光似的在心头乱刺，眉，你又是在这样的环境里嵌着，连自由谈天的机会都没有，咳，这真是哪里说起！眉，我每晚睡在床上寻思时，我仿佛觉着发根里的血液一滴滴的消耗，在忧郁的思念中黑发变成苍白。一天二十四时，心头哪有一刻的平安——除了与你单独相对的俄倾，那是太难得了。眉，我们死去吧，眉，你知道我怎样的爱你，啊，眉！比如昨天早上你不来电话，从九时半到十一时我简直像是活抱着炮烙似的受罪，心那么的跳，那么的痛，也不知为什么，说你也不信，我躺在榻上直咬着牙，直翻身喘着喘！后来再也忍不住了，自己拿起了电话，心头那阵的狂跳，差一点把我晕了。谁知你一直睡着没有醒，我这自讨苦吃多可笑，但同时你得知道，眉，恋中人的心理是最复杂的心理，说是最不合理可以，说是最合理也可以。眉，你

肯不肯亲手拿刀割破我的胸膛,挖出我那血淋淋的心留着,算是我给你最后的礼物?

今朝上睡昏昏的只是在你的左右。那怖梦真可怕,仿佛有人用妖法来离间我们,把我迷在一辆车上,整天整夜的飞行了三昼夜,旁边坐着一个瘦长的严肃的妇人,像是命运自身,我昏昏的,身体动不得,口开不得,听凭那妖车带着我跑,等得我醒来下车的时候,有人来对我说你已另订约了。我说不信,你带约指的手指忽在我眼前闪动。我一见就往石板上一头冲去,一声悲叫,就死在地下——正当你电话铃响把我振醒,我那时虽则醒了,把那一阵的凄惶与悲酸,像是灵魂出了窍似的。可怜呀,眉!我过来正想与你好好的谈半旬钟天。偏偏你又得出门就诊去,以后一天就完了,四点以后过的是何等不自然而局促的时刻!我与适之谈,也是凄凉万状,我们的影子在荷池圆叶上晃着,我心里只是悲惨,眉呀,你快来伴我死去吧!

八月十二日

　　这在恋中人的心境真是每分钟变样,绝对的不可测度。昨天那样的受罪,今儿又这般的上天,多大的分别!像这样的艳福,世上能有几个人享着;像这样奢侈的光阴,这宇宙间能有几多?却不道我年前口占的"海外缠绵香梦境,销魂今日竟燕京",应在我的甜心眉的身上!海,明白了,我真又欢喜又感激!他这来才够交情,我从此完全信托他了。海与先生争送花的故事极趣。眉,你的福分可也真不小,当代贤哲你瞧都在你的妆台前听候差遣。眉,你该睡着了吧,这时候,我们又该梦会了!说也真怪,近来精神异常的抖擞,真想做事了,眉,你内助我,我要向外打仗去!

八月十四日

　　昨晚不知哪儿来的兴致,十一点钟跑到W家里,本想与奚若谈天,他买了新鲜蜜桃,葡萄,莎果,莲蓬请我,谁知讲不到几句话,太太回来了,那就是完事。接着W和M也来了,一同在天井里坐着闲话,大家嚷饿,就吃蛋炒饭,我吃了两碗,饭后就嚷打牌,我说那我就得住夜,住夜就得与他们夫妻同床,M连骂"要死快哩,疯头疯脑",但结果打完了八圈牌,我的要求居然做到,三个人一头睡下,熄了灯,M躲紧在W的胸前,格支支的笑个不住,我假装睡着,其实他说话等等我全听分明,到天亮都不曾落眸。

　　眉,娘真是何苦来。她是聪明,就该聪明到底;她既然看出我们俩都是痴情人,容易钟情,她就得想法大处落墨,比如说禁止你与我往来,不许你我见面,也是一个办法;否则就该承认我们的情分,给我们一条活路才是道理,像这样小鹅鹅的溜着眼珠当着人前提防,多说一句话该,多看一眼该,多动一手该,这可不是真该,实际毫无干系,只叫人不舒服,强迫人装假,真是何苦来,眉,我总说有真爱就有勇气,你爱我的一片血诚,我身体磨成了粉都不能怀疑,但同时你娘那里既不肯冒险,他那里又不肯下决断,生活上也没有改向,单叫我含糊的等着,你说我心上哪能有平安,这神魂不定又哪能做事?因此不由不私下盼望你能进一步爱我,早晚想一个坚决的办法出来,使我早一天定心,早一天能堂皇的做人,早一天实现我一辈子理想中的新生活。眉,你爱我究竟是怎样的爱法?

　　我不在时你想我,有时很热烈的想我,那我信!但我不在时你依旧有你的生活,并不是怎样的过不去;我在你当然更高兴,但我所最要知道的是,眉呀,我是否你"完全的必要",我是否能给你一些世上再没有第二人能给你的东西,是否在我的爱你的爱里你得到了你一生

最圆满,最无遗憾的满足?这问题是最重要不过的,因为恋爱之所以为恋爱就在他那绝对不可改变不可替代的一点;罗米乌爱玖丽德,愿为她死,世上再没有第二个女子能动他的心;玖丽德爱罗米乌,愿为他死,世上再没有第二个男子能占她一点子的情,他们那恋爱之所以不朽,又高尚,又美,就在这里。他们俩死的时候彼此都是无遗憾的,因为死成全他们的恋爱到最完全最圆满的程度,所以这,"Die upon a kiss"是真钟情人理想的结局,再不要别的。反面说,假如恋爱是可以替代的,像是一枝牙刷烂了可以另买,皮服破了可以另制,他那价值也就可想。"定情"——the spiritual congagement,the great mutualgiving up——是一件伟大的事情,两个灵魂在上帝的眼前自愿的结合,人间再没有更美的时刻——恋爱神圣就在这绝对性,这完全性,这不变性;所以诗人说:

……The light of a whole life dies,When love is done.

恋爱是生命的中心与精华;恋爱的成功是生命的成功,恋爱的失败,是生命的失败,这是不容疑义的。

眉,我感谢上苍,因为你已经接受了我;这来我的灵性有了永久的寄托,我的生命有了最光荣的起点,我这一辈子再不能想望关于我自身更大的事情发现,我一天有你的爱,我的命就有根,我就是精神上的大富翁。因此我不能不切实的认明这基础究竟是多深,多坚实,有多少抵抗侵凌的实力——这生命里多的是狂风暴雨!

所以我不怕你厌烦我要问你究竟爱到什么程度?有了我的爱,你是否可以自慰已经得到了生命与生命中的一切?反面说,要没有我的爱,是否你的一生就没了光彩?我再来打譬喻:你爱吃莲肉,爱吃鸡豆肉;你也爱我的爱;在这几天我信莲肉,鸡豆,爱都是你的需要;在这情形下爱只像是一个"加添的必要"。An additional necessith,不是绝对的必要,比如有气,比如饮食,没了一样就没有命的。有莲时吃莲,有鸡豆时吃鸡豆,有爱时"吃"爱。好,再过几时时新就换样,你又该吃蜜桃,吃大石榴了,那时假定我给你的爱也跟着莲与鸡豆完了,但另有与石榴同时的爱现成可以"吃"——你是否能照样过你的活,照样生活里有跳有笑的?再说明白的,眉呀,我祈望我的爱是你的空气,你的饮食,有了就活,缺了就没有命的一样东西;不是鸡豆或是莲肉,有时吃固然痛快,过了时也没有多大交关,石榴柿子青果跟着来替口味多着吧!眉,你知道我怎样的爱你,你的爱现在已是我的空气与饮食,到了一半天不可少的程度,因此我要知道在你的世界里我的爱占一个什么地位?May,I miss your passionately appealing gazing and soul communicating glances which once,so overwhelmed and ingratiated me. Suppose I die suddenly tomorrow morning. Suppose I change my heart and love somebody else. What then would you feel and what would you do? These are very cruel supposition I know,but all the same I can't help making them,such being the lover's psychology.

Do you know what would I have done if in my coming back,I should have found my

love no longer mine! Try and imagine the situation and tell me what you think.

日记已经第六天了，我写上了一二十页，不管写的是什么，你一个字都还没有出世哪！但我却不怪你，因为你真是贵忙；我自己就负你空忙大部分的责。但我盼望你及早开始你的日记，纪念我们同玩厂甸那一个甜蜜的早上。我上面一大段问你的话，确是我每天郁在心里的一点意思，眉，你不该答复我一两个字吗？眉，我写日记的时候我的意绪益发蚕丝似的绕着你；我笔下多写一个眉字，我口里低呼一声我的爱，我的心为你多跳了一下。你从前给我写的时候也是同样的情形我知道，因此我益发盼望你继续你的日记，也使我多得一点欢喜，多添几分安慰。

十四日半夜

我想去买一只玲珑坚实的小箱，存你我这几月来交换的信件，算是我们定情的一个纪念，你意思怎样？

八月十六日

真怪，此刻我的手也直抖擞，从没有过的，眉我的心，你说怪不怪，跟我的抖擞一样？想是你传给我的，好，让我们同病；叫这剧烈的心震震死了岂不是完事一宗？事情的确是到门了，眉，是往东走或往西去你赶快得定主意才是，再要含糊时大事就变成了玩笑，那可真不是玩！他那口气是最分明没有的了；那位京友我想一定是双心，决不会第二个人。他现在的口气似乎比从前有主意的多。他已经准备"依法办理"；你听他的话"今年决不拦阻你"。好，这回像人了！他像人，我们还不争气吗？眉，这事情清楚极了，只要你的决心，娘，别说一个，十个也不能拦阻你。我的意思是我们同到南边去（你不愿我的名字混入第一步。固

然是你的好意,但你知道那是不成功的,所以与其拖泥带浆还不如走大方的路,来一个干脆,只是情是真的,我们有什么见不得人面的地方?)找着 P 做中间人,解决你与他的事情,第二步当然不用提及,虽则谁不明白?眉,你这回真不能再做小孩子,你得硬一硬心,一下解决了这大事免得成天怀鬼胎过不自然的痛苦的日子。要知道你一天在这尴尬的境地里嵌着,我也心理上一天站不直,哪能真心去做事,害得都不舒服,真是何苦来?眉,救人就是自救,自救就是救人。我最恨的是苟且,因循,懦怯,在这上面无论什么事都是找不到基础的。有志者事竟成,没有错儿。奋勇上前吧,眉,你不用怕,有我整个儿在你旁边站着,谁要动你分毫,有我拼着性命保护你,你还怕什么?

今晚我认账心上有点不舒服,但我有解释,理由很长,明天见面再说吧。我的心怀里,除了挚爱你的一片热泪外,我决不容留任何夹杂的感想;这册爱眉小札里,除了登记因爱而流出的思想外,我也决不愿夹杂一些不值得的成分。眉,我是太痴了,自顶至踵全是爱,你得明白我,你得永远用你的柔情包住我这一团的热情,决不可有一丝的漏缝,因为那时就有爆烈的危险。

八月十八日

十一点过了。肚子还是疼,又招了凉怪难受的,但我一个人占空院子(宏这回真走了),夜沉沉的,哪能睡得着?这时候饭店凉台上正凉快,舞场中衣香鬓影多浪漫多作乐呀!这屋子闷得凶,蚊子也不饶人,我脸上腕上脚上都叫咬了。我的病我想一半是昨晚少睡,今天打球后又喝冰水太多,此时也有些倦意,但眉你不是说回头给我打电话吗?我哪能睡呢!

听差们该死,走的走,睡的睡,一个都使唤不来。你来电时我要是睡着了那又不成。所以我还是起来涂我最亲爱的爱眉小札吧。方才我躺在床上又想这样那样的。怪不得老话说"疾病则思亲",我才小不舒服,就动了感情,你说可笑不?我倒不想父母,早先我有病时总想妈妈,现在连妈妈都退后了,我只想我那最亲爱的,最钟爱的小眉。我也想起了你病的那时候,天罚我不叫我在你的身旁,我想起就痛心,眉,我怎样不知道你那时热烈的想我要我。我在意大利时有无数次想出了神,不是使劲的咬手臂,就是拿拳头捶着胸,直到真痛了才知道。今晚轮着我想你了,眉!我想像你坐在我的床头,给我喝热水,给我吃药,抚摩着我生痛的地方,让我好好的安眠,那多幸福呀!我愿意生一辈子病,叫你坐一辈子的床头。哦我可不成,太自私了,不能那样设想。昨晚我问你我残了你怎样,你说你也死,我问真的吗,你接着说的比较近情些。你说你或许不能死,因为你还有娘,但你会把自己"关"起来,再不与男子们来往。眉,真的吗?门关得上,也打得开,是不是?我真傻,我想的是什么呀,太空幻了!我方才想假使我今晚肚子疼是盲肠炎,一阵子涌上来在极短的时间内痛死了我,反正这空院子里鬼影都没,天上只有几颗冷淡的星,地下只有几茎野草花。我要是真的灵魂出了窍,那时我一缕精魂飘飘荡荡的好不自在,我一定跟着凉风走,自己什么主意都没有;假如空中吹来有音乐的声响,我的鬼魂许就望着那方向飞去——许到了饭店的凉台上。啊,多凉快的地方,多好听的音乐,多热闹的人群呀!啊,那又是谁,一位妙龄女子,她慵慵的倚着一个男子肩头在那像水泼似的地平上翩翩起舞,多美丽的舞影呀!但她是谁呢,为什么我这渺飘的三魂无端又感受一个劲烈的颤栗?她是谁呢,那样的美,那样的风情,让我移近去看看,反正这鬼影是没人觉察,不会招人讨厌的不是?现在我移近了她的跟前——慵慵的倚着一个男子肩头款款舞踏着的那位女郎,她到底是谁呀,你,孤单的鬼影,究竟认清了没有?她不是旁人,不是皇家的公主,不是外邦的少女;她不是别人,她就是她——你生前沥肝脑去恋爱的她!自己不幸,这太早就变了鬼,她又不知道,你不通知她哪能知道——那圆舞的音乐多香柔呀!好,我去通知她吧。那鬼影踌躇了一晌,咽住了他无形的悲泪,益发移近了她,举起一个看不见的指头,向着她暖和的胸前轻轻的一点——啊,她打了一个寒噤,她抬起了头,停了舞,张大了眼睛,望着透光的鬼影睁眼的看,在那一瞥间她见着了,她也明白了,她知道完了——她手掩着面,她悲切切的哭了。她同舞的那位男子用手去搂着她,低下头去软声安慰她——在泼水似的地平上,他拥着掩面悲泣的她慢慢走回坐位去坐下了。音乐还是不断的奏着。

　　十二点了。你还没有消息,我再上床去躺着想吧。

　　十二点三刻了。还是没有消息。水管的水声,像淅沥的秋雨,真恼人。为什么心头这一阵阵的凄凉;眼泪——线条似的挂下来了!写什么,上床去吧。

　　一点了。一个秋虫在阶下鸣,我的心跳;我的心一块块的迸裂;痛!写什么,还是躺着去,孤单的痴人!

一点过十分了。还这么早,时候过的真慢呀!

这地板多硬呀,跑着双膝生痛;其实何苦来,祷告又有什么用处?人有没有心是问题;天上有没有神道更是疑问了。

志摩啊你真不幸!志摩啊你真可怜!早知世界是这样的,你何必投娘胎出来!这一腔热血迟早有一天呕尽。

一点二十分!

一点半——Marvellous!!

一点三十五分——Life is too charming,too charming indeed,Haha!!

一点三刻——O is that the way woman love! Is that the way woman love!

一点五十五分——天呀!

两点五分——我的灵魂里的血一滴滴的在那里吊……

两点十八分——疯了!

两点三十分——

两点四十分——"The pity of it,the pity of it ,Iago!"

　　　　　　　Christ,what a hall

　　　　　　　Is packed into that line! Each

　　　　　　　syllable Blessed when you say it……

两点五十分——静极了。

三点七分——

三点二十五分——火都没了!

三点四十分——心茫然了!

五点欠一刻——咳!

六点三十分

七点二十七分

八月十九日

　　眉，你救了我，我想你这回真的明白了，情感到了真挚而且热烈时，不自主的往极端方向走去，亦难怪我昨夜一个人发狂似的想了一夜，我何尝成心和你生气，我更不会存一丝的怀疑，因为那就是怀疑我自己的生命，我只怪嫌你太孩子气，看事情有时不认清亲疏的区别，又太顾虑，缺乏勇气。须知真爱不是罪（就怕爱而不真，做到真字的绝对义那才做到爱字）在必要时我们得以身殉，与烈士们爱国，宗教家殉道，同是一个意思。你心上还有芥蒂时，还觉着"怕"时，那你的思想就没有完全叫爱染色，你的情没有到晶莹剔透的境界，那就比一块光泽不纯的宝石，价值不能怎样高的。昨晚那个经验，现在事后想来，自有它的功用，你看我活着不能没有你，不单是身体，我要你的性灵，我要你身体完全的爱我，我也要你的性灵完全的化入我的，我要的是你的绝对的全部——因为我献给你的也是绝对的全部，那才当得起一个爱字。在真的互恋里，眉，你可以尽量，尽性的给，把你一切的所有全给你的恋人，再没有任何的保留，隐藏更不须说；这给，你要知道，并不是给，像你送人家一件袍子或是什么，非但不是给掉，这给是真的爱，因为在两情的交流中，给与爱再没有分界；实际是你给的多你愈富有，因为恋情不是像金子似的硬性，它是水流与水流的交抱，是明月穿上了一件轻快的云衣，云彩更美，月色亦更艳了。眉，你懂得不是，我们买东西且要挑剔，怕上当，水果不要有蛀洞的，宝石不要有斑点的，布绸不要有皱纹的，爱是人生最伟大的一件事

实,如何少得一个完全:一定得整个换整个,整个化入整个,像糖化在水里,才是理想的事业,有了那一天,这一生也就有了交代了。

  眉,方才你说你愿意跟我死去,我才放心你爱我是有根了;事实不必有,决心不可不有,因为实际的事变谁都不能测料,到了临场要没有相当准备时,原来神圣的事业立刻就变成了丑陋的玩笑。

  世间多的是没志气人,所以只听见玩笑,真的能认真的能有几个人,我们不可不格外自勉。

  我不仅要爱的肉眼认识我的肉身,我要你的灵眼认识我的灵魂。

八月二十日

  我还觉得虚虚的,热没有退净,今晚好好睡就好了,这全是自讨苦吃。

  我爱那重帘,要是帘外有浓绿的影子,那就更趣了。

  你这无谓的应酬真叫人太不耐烦,我想想真有气,成天遭强盗抢。老实说,我每晚睡不着也就为此,眉,你真的得小心些,要知道"防微杜渐"在相当时候是不可少的。

八月二十一日

  眉,醒起来,眉,起来,你一生最重要的交关已经到门了,你再不可含糊,你再不可因循,你成人的机会到了,真的到了。他已经把你看作泼水难收,当着生客们的面前,尽量的羞辱你;你再没有志气,也不该犹豫了;同时你自己也看得分明,假如你离成了,决不能再在北京耽下去。我是等着你,天边去,地角也去,为你我什么道儿都欣欣的不踌躇的走。听着:你现在的选择,一边是苟且暧昧的图生,一边是认真的生活;一边是肮脏的社会,一边是光荣的恋爱;一边是无可理喻的家庭,一边是海阔天空的世界与人生;一边是你的种种的习惯,寄妈舅母,各类的朋友,一边是我与你的爱。认清楚了这回,我最爱的眉呀,"差以毫厘,谬以千里","一失足成千古恨",你真的得下一个完全自主的决心,叫爱你期望你的真朋友们,一致起敬你才好呢!

  眉,为什么你不信我的话,到什么时候你才听我的话!你不信我的爱吗?你给我的爱不完全吗?为什么你不肯听我的话,连极小的事情都不依从我——倒是别人叫你上哪儿你就梳头打扮了快走。你果真爱我,不能这样没胆量,恋爱本是光明事。为什么要这样子偷偷的,多不痛快。

  眉,要知道你只是偶尔的觉悟,偶尔的难受,我呢,简直是整天整晚的叫忧愁割破了我的心。O May! Love me;give me all your love,let us become one;try to live into my love for you,let my love fill you,nourish you,caress your daring body and hug your daring soul too;let me love stresm over you,merge you thoroughly;let me rest happy and confidentin

your passion for me.
忧愁他整天拉着我的心,
像一个琴师操练他的琴,
悲哀像是海礁间的飞涛,
看他那汹涌听他那呼号。

八月二十二日

　　眉,今儿下午我实在是饿荒了,压不住上冲的肝气,就这么说吧,倒叫你笑话酸劲儿大,我想想是觉着有些过分的不自持,但同时你当然也懂得我的意思我盼望,聪明的眉呀,你知道我的心胸不能算不坦白,度量也不能说是过分的窄,我最恨是琐碎地方认真,但大家要分明,名分与了解有了就好办,否则就比如一盘不分疆界的棋,叫人无从下手了。很多事情是庸人自扰,头脑清明所以是不能少的。

　　你方才跳舞说一句话很使我自觉难为情,你说"我们还有什么客气?"难道我真的气度不宽,我得好好的反省才是。眉,我没有怪你的地方,我只要你的思想与我的合并成一体,绝对的泯缝,那就不易见错儿了。

　　我们得互相体谅;在你我间的一切都得从一个爱字里流出。

　　我一定听你的话;你叫我几时回南我就几时回南,你叫我几时往北我就几时往北。

　　今天本想当人前对你说一句小小的怨语,可没有机会,我想说:"小眉真对不起人,把人家万里路外叫了回来了,可连一个清静谈话的机会都没给人家!"下星期西山去一定可以有机会了,我想着就起劲,你呢,眉?

我较深的思想一定得写成诗才能感动你,眉,有时我想就只你一个人真的懂我的诗,爱我的诗,真的我有时恨不得拿自己血管里的血写一首诗给你,叫你知道我爱你是怎样的深。

眉,我的诗魂的滋养全得靠你,你得抱着我的诗魂像抱亲孩子似的,他冷了你得给他穿,他饿了你得喂他食——有你的爱他就不愁饿不愁冻,有你爱他就有命!

眉,你得引我的思想往更高的更大更美处走;假如有一天我思想堕落或是衰败时就是你的羞耻,记着了,眉!

已经三点了,但我不对你说几句话我就别想睡。这时你大概早睡着了,明儿九时半能起吗?我怕还是问题。

你不快活时我最受罪,我应当是第一个有特权有义务给你慰安的人不是?下回无论你怎样受了谁的气不受用时,只要我在你旁边看你一眼或是轻轻的对你说一两个小字,你就应得宽解;你永远不能对我说"Shut up"(当然你决不会说的,我是说笑话,)叫我心里受刀伤。

我们男人,尤其是像我这样的痴子,真也是怪,我们的想头不知是那样转的,比如说去秋那"一双海电"为什么这一来就叫一万二千度的热顿时变成了冰,烧得着天的火立刻变成了灰,也许我是太痴了,人间绝对的事情本是少有的。All or Nothing 到如今还是我做人的标准。

眉,你真是孩子,你知道你的情感的转向来的多快,一会儿气得话都说不出,一会儿又嚷吃面包了!

今晚与你跳的那一个舞,在我是最 enjey 不过了,我觉得从没有经验过那样浓艳的趣味——你要知道你偶尔唤我时我的心身就化了!

八月二十三日

昨晚来今雨轩又有慷慨激昂的"援女学联会",有一个大胡子矮矮的,他像是大军师模样,三五个女学生一群男学生站在一起谈话,女的哭哭噪噪,一面擦眼泪,一面高声的抗议,我只听见"像这样还有什么公理呢?"又说"谁失踪了,谁受重伤了,谁准叫他们打死了,唉,一定是打死了,呜呜呜呜……"

眉倒看得好玩,你说女人真不中用,一来就哭;你可不知道女人的哭才是她的真本领哩!

今天一早就下雨,整天阴霾到底,你不乐,我也不快;你不愿见人,并且不愿见我;你不打电话,我知道你连我的声音都不愿听见,我可一点也不怪你,眉,我懂得你的抑郁,我只抱歉我不能给你我应分的慰安。十一点半了,你还不曾回家,我想像此时坐在一群叫嚣不相干晚的俗客中间,看他们放肆的赌,你尽愣着,眼泪向里流着,有时你还得赔笑脸,眉,你还不厌吗,这种无谓的生活,你还不造反吗?眉。

　　我不知道我对你说着什么话才好,好像我所有的话全说完了,又像是什么话都没有说,眉呀,你望不见我的心吗?这凄凉的大院子今晚又是我单个儿占着,静极了,我觉得你不在我的周围,我想飞上你那里去,一时也像飞不到的样了,眉,这是受罪,真是受罪!方才"先生"说他这一时不很上我们这儿来,因为他看了我们不自然的情形觉着不舒服,原来事情没有到门,大家见面打哈哈倒没有什么;这回来可不对了,悲惨的颜色,紧急的情调,一时都来了,但见面时还得装作,那就是痛苦,连旁观人都受着的,所以他不愿意来,虽则他很 Miss 你。他明天见娘谈话去,他再不见效,谁都不能见效了,他真是好朋友,他见到,他也做到,我们将来怎样答谢他才好哩。S来信有这几句话——我觉得自己无助的可怜,但是一看小曼,我觉得我运气比她高多了,如果我精神上来,多少可以做些事业,她却难上难,一不狠心立志,险得很。岁月蹉跎,如何能保守健康精神与身体,志摩,你们都是她的至近朋友,怎不代她设想设想? 使她蹉磨下去,真是可惜,我是巾帼到底不好参与家事……

八月二十四日

　　近来你真的很不听话,眉,你知道不?也许我不会说话,你不爱听;也许你心烦听不进,今晚在真光我问你记否去年第一次在剧场觉得你的发鬘擦着我的脸,(我在海拉尔寄回一首诗来纪念那初度尖锐的官感,在我是不可忘的,)你理都没有理会我,许是你看电影出了神,我不能过分怪你。

　　今晚北海真好,天上的双星那样的晶清,隔着一条天河含情的互睇着;满池的荷叶在微风里透着清馨;一弯黄玉似的初月在西天挂着;无数的小虫相应的叫着;我们的小舫在荷叶

丛中刺着,我就想你,要是你我俩坐着一只船在湖心里荡着,看星,听虫,嗅荷馨,忘却了一切,多幸福的事,我就怨你这一时心不静,思想不清,我要你到山里去也就为此。你一到山里心胸自然开豁的多,我敢说你多忘了一件杂事,你就多一分心思留给你的爱:你看看地上的草色,看看天上的星光,摸摸自己的胸膛,自问究竟你的灵魂得到了寄托没有,你的爱得到了代价没有,你的一生寻出了意义没有?你在北京城里是不会有清明思想的——大自然提醒我们内心的愿望。

　　我想我以后写下的不拿给你看了,眉,一则因为天天看烦得很,反正是这一路的话,这爱长爱短老听也是怪腻烦的;二则我有些不甘愿因为分明这来你并不怎样看重我的"心声"。我每天的写,有功夫就写,倒像是我惟一的功课,很多是夜阑人静半夜三更写的,可是你看也就翻过算数,到今天你那本子还是白白的,我问你劝你的话你也从不提及,可见你并不曾看进去,我写当然还是写,但我想这来不每天缴卷似的送过去了,我也得装装马虎,等你自己想起问起时真的要看时再给你不迟。我记得(你记得吗? 眉?)才几个月前你最初与我秘密通讯时,你那时的诚恳,焦急,需要,怎样抱怨我不给你多写,你要看我的字就比掉在岸上的鱼想水似的急,——咳,那时间我的肝肠都叫你摇动了,眉! 难道这几个月来你已经看够了不成? 我的话准没有先前的动听,所以你也不再着急要,虽则我自问我对你一往的深情真是一天深似一天,我想看你的字,想听你的话,想搂抱你的思想,正比你几个月前想要我的有增无减——眉,这是什么道理? 我知道我如其尽说这一套带怨意的话,你一定看得更不耐烦:你真是愈来愈蠢了,什么新鲜的念头,讨人欢喜招人乐的俏皮话一句也想不着。这本子一页又一页只是板着脸子说的郑重话,那能怪你不爱看——我自个儿活该不是? 下回我想来一个你给我的信的一个研究——我要重新接近你那时的真与挚,热烈与深刻。眉,你知道你那时偶尔看一眼,那一眼里含着多少的深情呀! 现在你快正眼都不爱觑我了,眉,这是什么道理? 你说你心烦,所以连面都不愿见我——我懂得,我不怪你,假如我再跑了一次看看——我不在跟前时也许你的思想倒会分给我一些——你说人在身边,何必再想,真是! 这样来我愿意我立即死了,那时我倒可以希望占有你一部分纯洁的思想的快乐。眉,你几时才能不心烦? 你一天心烦,我也一天不心安,因为我们俩的思想镶不到一起,随我怎样的用力用心——

　　眉,假如我逼着你跟我走,那是说到和平办法真没有希望时,你将怎样发付我? 不,我情愿收回这问句,因为你也许忍心拿一把刀插在爱你的摩的心里!

　　咳,"以不了了之",什么话! 我倒不信,徐志摩不是懦夫,到相当时候我有我的颜色,无耻的社会你们看着吧!

　　眉,只要你有一个日本女子一半的痴情与侠气——你早跟我飞了,什么事都解决了。乱丝总得快刀斩,眉,你怎的想不通呀!

　　上海有时症,天又热,我也有些怕去。

八月二十五日

眉,你快乐时就比花儿开,我见了直乐——

八月二十七日

两天不亲近《爱眉小札》了,真觉得抱歉。

香山去只增添,加深我的懊丧与惆怅,眉,没有一分钟过去不带着想你的痴情,眉,上山,听泉,折花,望远,看星,独步,嗅草,捕虫,寻梦,——哪一处没有你,眉,哪一处不惦着你,眉,哪一个心跳不是为着你,眉!

我一定得造成你,眉;旁人的闲话我愈听愈恼,愈愤愈自信!眉,交给我你的手,我引你到更高处去,我要你托胆的完全信任的把你的手交给我。

我没有别的办法,我就有爱;没有别的天才,就是爱;没有别的能耐,只是爱;没有别的动力,只是爱。

我是极空洞的一个穷人,我也是一个极充实的富人——我有的只是爱。

眉,这一潭清冽的泉水,你不来洗濯谁来,你不来解渴谁来,你不来照形谁来!

我白天想望的,晚间祈祷的,梦中缠绵的,平旦时神往的——只是爱的成功,那就是生命的成功。

是真爱不能没有力量,是真爱不能没有悲剧的倾向。

眉,"先生"说你意志不坚强,所以目前逢着有阻力的环境倒是好的,因为有阻力的环境是激发意志最强的一个力量,假如阻力再不能激发意志时,那事情也就不易了。这时候各界的看法各各不同,眉,你觉出了没有?有绝对怀疑的,有相对怀疑的,有部分同情的,有完全同情的(那很少,除是老K),有嫉忌的,有阴谋破坏的(那最危险),有肯积极助成的,有愿消极帮忙的……都有。但是,眉,听着,一切都跟着你我自身走;只要你我有意志,有志气,有勇,加在一个真的情爱上,什么事不成功,真的!

有你在我的怀中,虽则不过几秒钟,我的心头便没有忧愁的踪迹;你不在我的当前,我的心就像挂灯似的悬着。

你为什么不抽空给我写一点?不论多少,抱着你的思想与抱着你的温柔的肉体,同样是我这辈子无上的快乐。

往高处走,眉,往高处走!

我不愿意你过分"爱物",不愿意你随便化钱,无形中养成"想什么非要得到什么不可"的习惯;我将来决不会怎样赚钱的,即使有机会我也不来,因为我认定奢侈的生活不是高尚的生活。

爱,在俭朴的生活中,是有真生命的,像一朵朝露浸着的小草花;在奢华的生活中,即使

有爱,不能纯粹,不能自然,像是热屋子里烘出来的花,一半天就衰萎的忧愁。

论精神我主张贵族主义;谈物质我主张平民主义。

眉,你闲着时候想一想,你会不会有一天厌弃你的摩。

不要怕想,想是领到"通"的路上去的。

受朋友怜惜与照顾也得有个限度,否则就有界限不分明的危险。

小的地方要防,正因为小的地方容易忽略。

八月二十八日

这生活真闷死得人,下午等你消息不来时我反仆在床上,凄凉极了,心跳得飞快,在迷惘中呻吟着"Let me die, let me die! Love!"

眉,你的舌头上生疱,说话不利便;我的舌头上不生疱,说话一样的不能出口,我只能连声的叫你,眉,眉,你听着了没有?

为谁憔悴?眉,今天有不少人说我。

老太爷防贼有功,应赏反穿黄马褂!

心里只是一束乱麻,叫我如何定心做事。

"南边去防口实",咳眉,这回再要"以不了了之",我真该投身西湖做死鬼去了,我本想在南行前写完这本日记的,但看情形怕不易了,眉,这本子里不少我的呕心血的话,你要是随便翻过的话,我的心血就白呕了!

八月二十九日

眉,今天今晚我释然得很。

八月三十一日

眉,今晚我只是"爽然"!"如此星辰非昨夜,为谁风露立终宵"多凄凉的情调呀!北海月色荷香,再会了!

织女与牛郎,清浅一水隔,相对两无言,盈盈复脉脉。

九月五日　上海

前几天真不知是怎样过的,眉呀,昨晚到站时"谭谭"背给我听你的来电,他不懂末尾那个眉宇,瞎猜是密码还是什么,我真忍不住笑了——好久不笑了眉,你的摩?

"先生"真可人,"一切如意——珍重——眉"多可爱呀,救命王菩萨,我的眉!这世界毕竟不是骗人的,我心里又漾着一阵甜味儿,痒齐齐怪难受的,飞一个吻给我至爱的眉,我感谢上苍,真厚待我,眉终究不负我,忍不住又独自笑了。昨晚我住在蒋家,覆来翻去老想着你,哪睡得着,连着蜜甜的叫你嗔我亲你,你知道不,我的爱?

今天捱过好不容易,直到十一时半你的信才来,阿弥陀佛,我上天了。我一壁开信就见你肥肥的字迹我就乐,想躲着看,我妈坐在我对桌,我爸躺在床上同声笑着骂我,"谁来看你信,这鬼鬼祟祟的干么!"我倒怪不好意思的。念你信时我面上一定很有表情,一忽儿紧皱着眉头,一忽儿笑逐颜开,妈准递眼风给爸笑话我哪!

眉,我真心的小龙,这来才是推开云雾见青天了!我心花怒放就不用提了,眉,我恨不得立刻搂着你,亲你一个气都喘不回来,我的至宝,我的心血,这才是我的好龙儿哪!

你那里是披心沥胆,我这里也打开心肠来收受你的至诚——同时我也不敢不感激我们的"红娘",他真是你我的恩人——你我还不争气一些!

说也真怪,昨天还是在昏沉地狱里抗着的,这来勇气全回来了,你答应了我的话,你给了我交代,我还不听你话向前做事去,眉,你放心,你的摩也不能不给你一个好"交代"!

今天我对 P 全讲了,他明白,他说有办法,可不知什么办法?

真厌死人,娘还得跟了来!我本来想到南京去接你的,她若来时我连上车站都不便,这多气人,可是我听你话眉,如今我完全听你话,你要我怎办就怎办,我完全信托你,我耐着——为着你眉。

眉,你几时才能再给我一个甜甜的——我急了!

九月八日

风波,恶风波。

眉,方才听说你在先施吃冰淇淋剪发,我也放心了;昨晚我说——"The absolute way out is the best way out: let he die."

我的意思是要你死,你既不能死,那你就活;现在情形大概你也活得过去,你也不须我保护;我为你已经在我的灵魂上涂上一大塔的窑煤,我等于说了谎,我想我至少是对得住你的;这也是种气使然,有行动时只是往下爬,永远不能向上争,我只能暂时洒一滴刨心的悲泪,拿一块冷笑的毛毡包起我那流鲜血的心,等着再看随后的变化罢。

我此时竟想立刻跑开,远着你们,至少让"你的"几位安安心;我也不写信给你,也没法写信;我也不想报复,虽则你娘的横蛮真叫人发指;我也不要安慰,我自己会骗自己,罢了,罢了,罢了,真罢了!

一切人的生活都是说谎打底的,志摩,你这个痴子妄想拿真去代谎,结果你自己轮着双层的大谎,罢了,真罢了!

眉,难道这就是你我的下场?难道老婆婆的一条命就活活吓倒了我们,真的蛮横压得

眉,我现在只想在什么时候再有机会抱着你痛哭一场——我此时忍不住悲泪直流,你是弱者眉,我更是弱者的弱者,我还有什么面目见朋友去,还有什么心肠做事情去——罢了,罢了,真罢了!

眉,留着你半夜惊醒时一颗凄凉的眼泪给我吧,你不幸的爱人!

眉,你镜子里照照,你眼珠里有我的泪水没有?

唉,再见吧!

九月九日

今晚许见着你,眉,叫我怎样好!Z说我非但近痴,简直已经痴了。方才爸爸进来问我

写什么,我说日记,他要看前面的题字,没法给他看,他指了指"眉"字,笑了笑,用手打了我一下。爸爸真通人情,前夜我没回家他急得什么似的一晚没睡,他说替我"捏着一大把汗",后来问我怎样,我说没事,他说"你额上亮着哪"他又对我说,"像你这样年纪,身边女人是应得有一个的,但可不能胡闹,以后,有夫之妇总以少接近为是。"我当然不能对他细讲,点点头算数。

　　昨晚我叫梦像缠得真苦,眉你真害苦了我,叫我怎生才是?我真想与你与你们一家人形迹上完全绝交,能躲避处躲避,免不了见面时也只随便敷衍,我恨你的娘刺骨,要不为你爱我,我要叫她认识我的厉害!等着吧,总有一天报复的!

　　我见人都觉着尴尬,了解的朋友又少,真苦死。前天我急极时忽然想起了LY,她多少是个有侠气的女子,她或能帮忙,比如代通消息,但我现在简直连信都不想给你通了,我这里还记着日记,你那里恐怕连想我都没有时候了,唉,我一想起你那专暴淫蛮的娘!

　　　　　　我来扬子江边买一把莲蓬:
　　　　　　　手剥一层层的莲衣,
　　　　　　　看江鸥在眼前飞,
　　　　　　　忍含着一眼悲泪,——
　　　　　　我想着你,我想着你,啊小龙!
　　　　　　我尝一尝莲瓢,回味曾经的温存——
　　　　　　　那阶前不卷的重帘,
　　　　　　　掩护着销魂的欢恋,

我又听着你的盟言:

"永远是你的,我的身体,我的灵魂。"

我尝一尝莲心,我的心比莲心苦,

 我长夜里怔忡,

 挣不开的恶梦;

 谁知我的苦痛?

你害了我,爱,这是叫我如何过?

但我不能说你负,更不能猜你变;

 我心头只是一片柔

 你是我的!我依旧

 将你紧紧的抱搂;

 除非是天翻

但我不能想像那一天!

九月四日沪宁道上

九月十日

  "受罪受大了!"受罪受大了,我也这么说。眉呀,昨晚席间我浑身的肉都颤动了,差一点不曾爆裂,说也怪,我本不想与你说话的,但等到你对我开口时,我闷在心里的话一句都说不上来,我睁着眼看你来,睁着眼看你去,谁知道你我的心!

  有一点我却不甚懂,照这情形绝望是定的了,但你的口气还不是那样子,难道你另外又想出了路子来?我真想不出。

九月十一日

  眉,你到底是什么回事?你眼看着我流泪晶晶的说话的时候,我似乎懂得你,但转瞬间又模糊了;不说别的,就这现亏我就吃定的了,"总有一天报答你"——那一天不是今天,更有哪一天?我心只是放不下,我明天还得对你说话。

  事态的变化真是不可逆料,难道真有命不成?昨晚在M外院微光中,你铄亮的眼对着我,你温热的身子亲着我,你说:"除非立刻跑"那话就像电火似的照亮了我的心,那一刹那间,我乐极,什么都忘了,因为昨天下午你在慕尔鸣路上那神态真叫我有些诧异,你一边咬得那样定,你心里究竟是什么一回事呢?所以我忍不住(怕你真又糊涂了)写了封信给他,亲自跑去送信,本不想见你的,他昨晚态度倒不错,承他的情,我又占了你至少五分钟,但我昨晚一晚只是睡不着，就惦着怎样"跑"。我想起大连，想叫"先生"下来帮着我们一点，这样那样尽想，连我们在大连租的屋子，相互的生活，都一一影片似的翻上心来，今天我一早出门还以为有几分希冀，这冒险的意思把我的心搔得直发痒，可万想不到说谎时是这般田地，说了真话还是这般田地，真是麻维勒斯了！

我心里只是一团谜，我爸我娘直替我着急，悲观得凶，可我又有什么办法？咳，眉，你不能成心的害我毁我；你今天还说你永远是我的，我没法不信你，况且你又有那封真挚的信，我怎能不怜着你一点，这生活真是太蹊跷了！

九月十三日

"先生"昨晚来信，满是慰我的好意，我不能不听他的话，他懂得比我多，看得比我透，我真想暂时收拾起我的私情，做些正经事业，也叫爱我如"先生"的宽宽心，咳，我真是太对不起人了。

眉，一见你一口气就哽住了我的咽喉，什么话都说不出来了，他昨晚的态度真怪，许有什么花样，他临上马车过来与我握手的神情也顶怪的，我站着看你，心里难受就不用提了，你到底是谁的？昨晚本想与你最后说几句话，结果还是一句都说不成，只是加添了愤懑，咳，你的思想真混，眉，我不能不说你。

这来我几时再见你眉？看你吧。我不放心的就是你许有彻悟的时候真要我的时候，我又不在你的身旁那便怎办？

西湖上见得着我的眉吗？

我本来站在一个光亮的地位，你拿一个黑影子丢上我的身来，我没法摆脱……

The sufferer has no right to pessimism.

这话里有电,有震醒力!

十日在栈里做了一首诗:

今晚天上有半轮的下弦月;
　　我想携着她的手,
　　　往明月多处走——
一样是清光,我想,圆满或残缺。
庭前有一树开剩的玉兰花;
　　她有的是爱花癖,
　　　我忍看它的怜惜——
一样是花芳,她说,满花与残花。

浓荫里有一只过时的夜莺;
　　她受了秋凉,
　　　不如从前浏亮——
快死了,她说,但我不悔我的痴情!

但这莺,这一树残花,这半轮月——
　　我独自沉吟,
　　　对着我的身影——
她在那里呀,为什么伤悲,调谢,残缺?

九月十六日

你今晚终究来不来?你不来时我明天走怕不得相见了;我来了又待怎样?我现在至多的想望是与你临行一诀。但看来百分里没有一分机会!你娘不来时许还有法想,她若来时什么都完了。想着真叫人气,但转想即使见面又待怎样,你还是在无情的石壁里嵌着,我没法挖你出来,多见只多尝锐利的痛苦,虽则我不怕痛苦。眉,我这来完全变了个"宿命论者",我信人事会合有命有缘,绝对不容什么自由与意志,我现在只要想你常说那句话早些应验——"我总有一天报答你",是的我也信,前世不论,今生是你欠我债的;你受了我的礼还不曾回答;你的盟言——"完全是你的,我的身体,我的灵魂",——还不曾实践,眉,你决不能随便堕落了,你不能负我,你的惟一的摩!我固然这辈子除了你没有受过女人的爱,同时我也自信你也该觉着我给你的爱也不是平常的,眉,真的到几时才能清账,我不是急,我要你耐我不是不能耐,但怕的是华年不驻,热情难再,到那天彼此都离朽木不远的时候再交抱,岂不是"何苦"?

我怕我的话说不到你耳边,我不知你不见我时心里想的是什么,我不能自由见你,更不能勉强你想我;但你真的能忘我吗?真的能忍心随我去休吗?眉,我真不信为什么我的运蹇如此。

我的心思不论望哪一方向走,碰着的总是你,我的甜,你呢?

在家时伴娘睡两晚,可怜,只是在梦阵里颠倒,连白天都是这怔怔的。昨天上车时,怕你在车上,初到打电话时怕你已到,到春润庐时怕你就到——这心头的回折,这无端的狂跳,有谁知道?

方才送花去,踌躇了半晌,不忍不送,却没有附信去,我想你能够懂得。

昨天在楼外楼上微醺时那凄凉味儿,眉呀,你何苦爱我来!

方才在烟霞洞与复之闲谈,他说今年红蓼红蕉都死了,紫薇也叫虫咬了,我听了又有怅触,随诌四句——

红蕉烂死紫薇病

秋雨横斜秋风紧

山前山后乱鸣泉

有人独立怅空溟

九月十七日

爸今天一定很怪我,早上没有同去,他已是不愿意,下午没有回,他准皱眉!但他也一定有数,我为什么耽着;眉,我的眉,为你,不为你更为谁!可怜我今天去车站盼望你来,又不敢露面,心里双层的难受,结果还是白候,这时候有九时半!王福没电话来,大约又没有到,也许不叫打,我几次三番想写给你可又没法传递,咳,真苦极了,现在我立定主意走了,不管了,以后就看你了,眉呀!想不到这爱眉小札,欢欢喜喜开的篇,会有这样凄惨的结束,这一段公案到哪一天才判得清?我成天思前想后的神思越恍惚了,再不赶快找"先生"寻安慰去,我真该疯了。眉,我有些怨你;不怨你别的,怨你在京那一个月,多难得的日子,没多给我一点平安,你想想,北海那晚上!眉,要不是你后来那封信,我真该疑你了。

今天我又发傻,独自去灵隐,直挺挺的躺在壑雷亭下那石条磴上寻梦,我过意把你那小红绢盖在脸上,妄想倩女离魂,把你变到壑雷亭下来会我!眉,你究竟怎样了,我哪里舍得下你,我这里还可以现在似的自由的写日记,你那里怕连出神的机会都没有,一个娘,一个丈夫,手挽手的给你造上一座打不破的牢墙,想着怎不叫人恚愤!你说"Some day god will pity us",but will there be such a day?

昨晚把娘给我那玻璃翠戒指落了,真吓得我!恭喜没有掉了,我盼望有一天把小龙也捡了回来,那才真该恭喜哪。

昏昏的度日,诗意尽有,写可写不成,方才凑成了四节。

  昨天我冒着大雨去烟霞岭下访桂;
   南高峰在烟霞中不见;
    在一家松茅铺的屋沿前
    我停步,问一个村姑今年
翁家山的丹桂有没有去年时的媚。
  那村姑先对着我身上细细的端详:
   "活像个羽毛浸瘪的鸟,"
    我心里想,她,定觉得蹊跷,
    在这大雨天单身走远道
倒来没来头的问桂花今年香不香!

  "客人,你运气不好,来得太迟又太早:
   这里就是有名的满菊隆(满家街),
    往年这时候到处香得凶,
    这几天连绵的雨,外加风,
弄得这希糟,今年的早桂就算完了。"

  果然这桂子林也不能给我欢喜:
   枝上只见焦烂的细蕊,
    看着凄惨,咳,无妄的灾,
    我心想,为什么到处憔悴?——
这年头活着不易,这年头活着不易!

又凑成了一首——

　　再不见雷峰,雷峰坍成了一座大荒冢,
　　　　顶上有不少交抱的青葱,
　　　　顶上有不少交抱的青葱,
　　再不见雷峰,雷峰坍成了一座大荒冢。

　　发什么感慨,对着这光阴应分的摧残?
　　　　世上多的是不应分的变态;
　　　　世上多的是不应分的变态,
　　发什么感慨,对着这光阴应分的摧残?

　　发什么感慨,这塔是镇压,这坟是掩埋——
　　　　镇压还不如掩埋来得痛快;
　　　　镇压还不如掩埋来得痛快,
　　发什么感慨,这塔是镇压,这坟是掩埋!

　　再没有雷峰,雷峰从此掩埋在人的记忆中,
　　　　像曾经的梦境,曾经的爱宠;
　　　　像曾经的梦境,曾经的爱宠,
　　再没有雷峰,雷峰从此掩埋在人的记忆中!

这首我看还过得去,通篇还有连贯的地方。